Georg M. Oswald
Vorleben

Georg M. Oswald

Vorleben

Roman

PIPER

Mehr über unsere Autoren und Bücher:
www.piper.de/literatur

Von Georg M. Oswald liegen im Piper Verlag vor:
Unter Feinden
Wie war dein Tag, Schatz?
Alle, die du liebst
Unsere Grundrechte
Alles, was zählt
Vom Geist der Gesetze
Vorleben

ISBN 978-3-492-05567-3
© Piper Verlag GmbH, München, 2020
Satz: Kösel Media GmbH, Krugzell
Gesetzt aus der Janson
Druck und Bindung: GGP Media GmbH, Pößneck
Printed in the EU

1.

Warum schöpft man Verdacht gegen jemanden, den man liebt? Und ab wann? Und wenn man es tut, warum folgt man diesem Verdacht? Fragen wie diese stellten sich Sophia Winter seit einigen Tagen. Seit der Mann, den sie in Gedanken *ihren* Mann nannte, verreist war. Sie nannte ihn so, obwohl sie nicht verheiratet waren und obwohl sie nicht wusste, ob sie es jemals sein würden. Es war nicht ausgeschlossen, dass es einmal so käme, aber sie hatten noch nicht darüber gesprochen.

»Das liegt doch in der Luft«, hatte ihre Freundin Lea neulich am Telefon gesagt. Sophia hatte es abgestritten und sich über die blöde Redewendung geärgert – was lag schon in der Luft? Stickoxide vielleicht, Feinstaub, aber keine Hochzeiten –, doch insgeheim fragte sie sich auch, ob dies nicht der nächste Schritt wäre. Der nächste logische Schritt. So als hätte das, was zwischen Daniel und ihr geschah, je irgendetwas mit Logik zu tun gehabt.

Seit einem halben Jahr kannten sie sich, vor einem halben Jahr hatten sie sich ineinander verliebt, vor einem halben Jahr war sie bei ihm eingezogen. Hals über Kopf, auch so eine Redewendung, die immer wieder gebraucht wurde. Nicht von ihnen, von anderen.

Für sie fühlte es sich nicht so an, das stellten sie gelegentlich lachend fest, wie besonders wagemutige Komplizen, die sich von den Bedenken anderer anfeuern, aber nicht einschüchtern lassen. Alles war schnell gegangen, und wenn etwas, egal was, schnell geht, gibt es immer jemanden, der sagt, das sei zu schnell. Aber wer bestimmt, wie lange es mindestens dauern muss, um sich ineinander zu verlieben und zusammenzuziehen?

Jedes Paar erzählt die Geschichte, wie es sich kennengelernt hat, immer wieder gerne. Staaten haben Gründungsmythen, Paare auch. Wenn sich die Erzählenden ins Gehege kommen, ist das meist kein gutes Zeichen. Sophia und Daniel waren sich über ihre Geschichte einig, sogar über den ersten Satz, den Sophia gerne zu allen möglichen Gelegenheiten zitierte, im Bett, beim Essen, wenn sie mit Freunden zusammensaßen.

»Sie wissen also überhaupt nicht, wer ich bin?«, lautete er. Daniel hatte ihn gesagt, als Sophia sich zu ihm an den Tisch in der Musikerkantine des Herkulessaals setzte. Es war ein Vorstellungsgespräch gewesen. Es gefiel ihr, diesen Satz und ihre Antwort darauf wieder und wieder zu zitieren, wobei sie übertrieben die Stimmen nachahmte.

»Sie wissen also überhaupt nicht, wer ich bin?«,

dunkel und bedeutungsschwer, und darauf kieksend
sie:

»Ich habe nicht die geringste Ahnung.«

In Wirklichkeit war die Szene nicht so albern gewesen. Er hatte seinen Satz gesagt und dabei gelächelt,
als bereite ihm die Vorstellung besonderes Vergnügen.
Sie reagierte mit, wie sie hoffte, genug Ironie, um ihm
zu signalisieren, dass sie die Regeln des Spiels, das sie
gerade begonnen hatten, durchschaute und deshalb
nicht zu ernst nahm. Das Spiel hieß: berühmter Cellist trifft Journalistin zum Interview.

Wenn sie jetzt daran dachte, war ihr weniger fröhlich zumute. Vielleicht stimmte es, dass sie überhaupt
nicht wusste, wer er war, und zwar in einem Sinn, der
weder ihm noch ihr gefallen konnte. Sie war sich dessen nicht sicher. Immer, wenn sie allein in der Wohnung war, verfiel sie ins Grübeln und fing an, alles
infrage zu stellen. Die Dinge, die sie umgaben, wurden ihr fremd. Nur mit Daniel zusammen fühlte sie
sich eingeladen, alles, was ihm gehörte, auch als ihres
zu betrachten.

»Du bist hier zu Hause«, hatte er, vor allem in den
ersten Wochen, wieder und wieder zu ihr gesagt, bis
sie anfing, es zu glauben. Doch sobald sie alleine war,
verflog dieser Glaube, und sie blickte anders auf die
Sache. Dann dachte sie: Ich befinde mich in der Wohnung eines fremden Mannes.

Eines Mannes, den sie liebte, und – sie hatte jeden
Grund, ihm das zu glauben – der sie liebte, und dennoch, eines Mannes, der die ersten knapp fünfzig Jahre

seines Lebens ohne sie verbracht hatte. Da waren seine Möbel, seine Platten, seine Bücher, seine Wäsche, seine Erinnerungsstücke, seine Bilder, und, ja, sein Arbeitszimmer, das eine besondere Anziehung auf sie ausübte. Wenn er zu Hause probte, was selten vorkam, tat er es dort. Ansonsten war sie diejenige, die zu Hause arbeitete. So zuvorkommend und einladend er war, dieses Zimmer hatte er ihr dafür nicht angeboten. Ohne es je ausdrücklich von ihm gehört zu haben, verstand sie, dass dies allein seines war. Er schloss es nicht ab, und sie durfte jederzeit hinein, aber ihr war klar, was sich darin befand, war nur für ihn bestimmt.

Doch wenn sie alleine war, zog es sie dorthin. Nicht, um zu tun, was sie angeblich tagsüber tat, nämlich zu schreiben, sondern um sich umzusehen. Sie tat es nicht, wenn er nur tagsüber weg war und abends nach Hause kam. Wenn er aber mehrere Tage unterwegs war, so wie jetzt, konnte sie nicht widerstehen.

Vor ein paar Wochen war zum ersten Mal eine Missstimmung zwischen ihnen aufgekommen, die nicht so schnell verflog, wie sie gekommen war. Beim Abendessen hatte er von einer neuen Bratschistin erzählt, die gerade ins Orchester aufgenommen worden war. Er lobte ihr freies und kraftvolles Spiel, erzählte, wie sie vor der Auswahlkommission, der er angehörte, brilliert hatte. Sie musste mehrere Soli vorspielen, Bach, Strawinsky, Hindemith.

»Wir waren alle ziemlich beeindruckt. Es kann

nicht an ihrem Aussehen gelegen haben, denn sie saß beim Spielen hinter einem Vorhang, wir haben sie erst hinterher zu Gesicht bekommen.«

Daniel hatte ihr dieses Ritual schon öfter beschrieben. Die Aufnahme in das Staatliche Symphonieorchester war für fast alle Musiker das Ziel ihrer beruflichen Träume. Wer es bis zu so einem Vorspieltermin schaffte, hatte bereits den größten Teil bewältigt und doch noch die schwierigste Hürde vor sich. Die Auswahlkommission versammelte sich hinter einem Vorhang und lauschte von dort dem Spiel. Posen, Aussehen, Auftreten, das alles sollte ihr Urteil nicht beeinflussen.

Daniel erzählte, auch ihre achtjährige Tochter sei im Raum gewesen und habe, ganz in sich versunken, auf der Seite der Auswahlkommission gesessen.

Daniels Tochter war elf, und Sophia und er waren mit ihr auch schon einmal im Konzert gewesen. Die Geschichte war nicht eben gut ausgegangen, doch Sophia hatte verstanden, dass Daniel seine Tochter gerne öfter und auf andere Weise gesehen hätte, als es möglich war. Deshalb schien es Sophia etwas zu bedeuten, dass Daniel die Tochter der Bratschistin erwähnte.

Er sagte, sie sei »auch alleinerziehend«, und gegen dieses »auch« regte sich Protest bei Sophia, denn er war nicht alleinerziehend. Seine Tochter lebte bei ihrer Mutter. Das Wort behauptete eine Ähnlichkeit, vielleicht sogar Verbundenheit mit der Musikerin, die in Wahrheit gar nicht bestand. Er erwähnte, sie sei ungefähr Mitte dreißig, also ein bisschen jünger als Sophia, und während er ihre Vorzüge als Bratschistin rühmte, kam es Sophia so vor, als meinte er damit eigentlich die Frau. Warum behelligte er sie damit? Wollte er sie darauf vorbereiten, bald abgelöst zu werden?

»Du bist also ganz begeistert von ihr«, sagte sie. »Warum sagst du es nicht einfach. Warum all die Ausführungen über ihr grandioses Spiel, wenn du eigentlich sagen willst, dass du scharf auf sie bist?«

Diese Bemerkung traf ihn offensichtlich völlig unerwartet. Die Stimmung sank auf den Nullpunkt. Daniel stocherte in seinem Essen herum, scheinbar um eine Antwort verlegen, bis er doch etwas sagte.

»Wirst du jetzt eifersüchtig?«

Nur diesen einen Satz, der keineswegs triumphierend klang, eher ratlos, nach einer Erklärung suchend. Sophia antwortete mit einem Schulterzucken, stand auf und fing an, den Tisch abzuräumen.

Er schien der Meinung, es handle sich um eine Bagatelle, ein Missverständnis, nicht der Rede wert. Sie wollte es, zumindest vorerst, dabei belassen, doch seine Frage hatte ihr einen Stich versetzt. Alles daran war toxisch, besonders das »Jetzt« und das Futur. Sicher ohne es zu wollen hatte Daniel mit dieser Frage eingeräumt, was er sonst immer leugnete. Dass es eine Schieflage zwischen ihnen gab, ein Gefälle. Nicht von Beginn an sichtbar vielleicht, aber eben doch vorhanden.

Und natürlich hatte Daniel recht. Sie war eifersüchtig. Nicht auf die Bratschistin, die ihr herzlich egal war, zumindest, solange sie noch keinen Grund hatte, anzunehmen, dass Daniel hinter ihr her war. Sie war eifersüchtig auf viel mehr.

Nach diesem Vorfall, den man kaum so nennen konnte, war der Entschluss in ihr gereift, einmal Daniels Arbeitszimmer aufzusuchen und mehr zu tun, als sich nur umzusehen. Er war auch nur vage, sie nahm sich keinen konkreten Zeitpunkt dafür vor. Sie dachte, *irgendwann einmal, wenn du nicht da bist.*

Sie vergaß das Vorhaben, als sie sich wieder beruhigt hatte.

Daniel kam ein paar Tage später von sich aus noch einmal auf die Bratschistin zu sprechen und entschuldigte sich. Er setzte Sophia auseinander, dass sich seine Begeisterung wirklich allein auf deren berufliche Qualitäten bezog. Er machte es so charmant und selbstironisch, dass es ihr leichtfiel, ihm zu glauben.

Am Morgen seiner Abreise, bei ihrem letzten gemeinsamen Frühstück auf der Dachterrasse, dachte sie nicht mehr daran. Daniel würde länger als eine Woche unterwegs sein, das Orchester gab Konzerte in London, Brüssel und Amsterdam. Er holte Croissants aus der französischen Bäckerei, die kürzlich in einem der Nachbarhäuser eröffnet hatte.

»Die kriegst du in Paris nicht besser«, sagte er.

Sie stimmte zu, obwohl ihr der Überblick über die Qualität der Croissants in Paris fehlte, den er zu haben schien. Gemeinsam bereiteten sie Omelette mit fein gehackter Petersilie zu, die Sophia am Vortag besorgt hatte. Es gab frisch gepressten Orangensaft, und sie hatten genug Zeit, nach dem Frühstück noch einmal miteinander ins Bett zu gehen.

Sie verabschiedeten sich mit innigen Küssen und Umarmungen, Ratschlägen, wie sie die Zeit ohne einander überstehen konnten.

»Sei nicht zu aufgeregt«, sagte sie, als wäre das nötig.

»Und du, mach dir eine richtig gute Zeit«, sagte er.

Sie verstand, was er damit meinte: Arbeite weiter, lass dich nicht von den Selbstzweifeln einholen.

Bald darauf saß sie an Daniels zierlichem Sekretär aus Walnussholz im Wohnzimmer. So begann sie ihre Arbeitstage. Bevor sie bei Daniel eingezogen war, hatte sie noch nie einen derartigen Schreibtisch besessen. Genau das Möbel, an dem ein Cellist von Weltrang seine handschriftliche Korrespondenz erledigen mochte. Ihr letzter eigener Schreibtisch war ein umfunktionierter Tapeziertisch gewesen. Sie hatte ihn nicht unangemessen gefunden.

Sie fuhr ihren Laptop hoch, ordnete Dateien, öffnete eine, holte sich, zur Ermutigung und Stärkung, noch einmal frischen Kaffee, setzte sich wieder, las einige Zeilen, überlegte, wo sie weitermachen konnte, und spürte in diesen Momenten schon, wie sich weit hinten in ihrem Bewusstsein diese Welle auftürmte, die sie bald überrollen würde. Eine Welle aus Fragen, Einwänden, Bewertungen, die im Nu ihren Kopf vollständig überschwemmen würde, und dann wäre es unmöglich, auch nur ein Wort zu schreiben. Noch während sie dies dachte, war es so weit, und alles, was ihr blieb, war ein hilfloses Lachen über sich selbst. Vielleicht lachte eine Ertrinkende so, wenn sie begriff, dass jede Rettung ausgeschlossen war, all ihren Bemühungen zum Trotz.

Was sie jeden Morgen hier veranstaltete, war vollkommen absurd, dachte sie, ein Fall von schwerer Hochstapelei. Hier saß sie, eine gescheiterte, arbeitslose Journalistin, in der Luxuswohnung eines berühmten Cellisten, an dessen »Sekretär«, der mehr Geld kostete, als sie mit dem, was sie zu machen versuchte, jemals verdienen würde. Aber dieser Mann, ihr Geliebter, der noch keine Zeile davon lesen durfte, behauptete, sie schreibe an einem »Roman«. Er nutzte jede Gelegenheit, das Wort auszusprechen. »Wie geht es deinem Roman?«, »Sophia schreibt an einem Roman«.

Sie bat ihn, es nicht zu tun, nicht darüber zu reden, aber er bestand darauf. »Wieso nicht?«, sagte er. »Der erste Schritt, es zu schaffen, besteht darin, es sich zuzutrauen.«

Sie musste lachen. Aus dem Mund eines hochbegabten Musikers gewannen auch Selbsthilfetipps erstaunliche Autorität.

Dennoch, der Moment, in dem alle Vorbereitungshandlungen und -rituale beendet waren und sie zu schreiben beginnen sollte, kam einem beinahe täglich wiederkehrenden Albtraum gleich.

In den ersten Monaten ihrer gemeinsamen Zeit war das anders gewesen. Sie hatte den Auftrag bekommen, für das Jahresprogrammheft des Symphonieorchesters zu schreiben. Ein guter Job, für ihre Verhältnisse erstklassig dotiert. Auf die Frage, was sie danach machen sollte, hatten Daniel und sie eine gemeinsame Antwort gesucht und gefunden. »Bleib bei mir. Finde heraus, was du tun willst. Schreibe. Du wirst sehen, früher oder später wirst du wissen, was du als Nächstes tun möchtest. Vergeude deine Zeit nicht mit irgendwelchen Brotjobs.«

Wie hätte sie sich ernsthaft dagegen sträuben sollen? Sie wollte ja bei ihm bleiben, mit ihm zusammenleben. Ihre gemeinsame Zeit war aufregend und schön. Doch je länger sie darüber brütete, was ihr »Projekt« oder ihr »Roman« sein könnte, desto heilloser erschienen ihr diese Bemühungen. Vielleicht war die Wahrheit ganz einfach die, dass es ein solches Projekt gar nicht gab, dass sie nicht imstande war, irgendetwas Künstlerisches zu schreiben, das den Erwartungen standhielt. Da half es auch nichts, dass Daniel immer aufs Neue beteuerte, es gäbe keine Erwartungen, sie müsse sich frei fühlen, einfach zu tun, was sie wollte. Am Ende, das stand doch schon fest, musste etwas ganz Großartiges herauskommen, das seiner Kunst irgendwie ebenbürtig war. Wann immer sie Versuche unternahm, sich aus dieser merkwürdig irrealen Verpflichtung herauszumanövrieren, redete er ihr gut zu. Mach dir keinen Druck, lass dir Zeit, bleib zuversichtlich. Wie sollten die paar armseligen Seiten, die sie in ihren Laptop gehackt hatte, dem standhalten?

Während Sophia mit diesen Grübeleien beschäftigt war, regte sich in ihr, zuerst vage und kaum merklich, dann immer bestimmter, der Wunsch, sich in Daniels Arbeitszimmer umzusehen. Sie versuchte, sich dagegen zu wehren: Welche Antwort wollte sie dort finden?

»Neugier konnte ein mächtiges Ablenkungsmanöver sein.« Sie wusste nicht mehr, wo sie diesen Satz gelesen hatte, aber er schien ihr eine unheilvolle Möglichkeit zu beschreiben, die sie selbst betraf. Was, wenn ihre Neugier vor allem damit zusammenhing, was Daniel war und was sie selbst, zumindest ihrer Einschätzung nach, nicht war? Daniels Überzeugtheit von ihrem Talent war nicht ganz frei von Anmaßung. Was machte ihn zum Experten darin, zu beurteilen, wie talentiert sie war? Sie selbst kannte sich viel länger als er. Wie konnte er so sicher sein, er kenne sie besser als sie sich selbst?

Die Hoffnung, darin mehr über ihn und sein Talent, seine Fähigkeiten, sein Künstlertum erfahren zu können, war ein Grund, warum sein Arbeitszimmer solche Anziehungskraft auf sie besaß. In Museen gab es manchmal original eingerichtete Arbeitszimmer bedeutender Persönlichkeiten zu besichtigen. Der Besucher durfte dann, hinter einer roten Kordel stehend, das Tischchen oder den wuchtigen Schreibtisch bewundern, an dem unsterbliche Werke komponiert oder gedichtet, politische Ideen ersonnen, wissenschaftliche Entdeckungen gemacht wurden.

Die rote Kordel deutete dezent und doch mit Bestimmtheit darauf hin, dass der Betrachter von diesen Sphären ausgeschlossen bleiben musste, mochte er ihnen auch räumlich noch so nahe kommen. Denn dass es ganz gewöhnliche Verhältnisse, vielleicht sogar bescheidene Umstände waren, unter denen Bedeutendes entstanden war, nahm ihm nicht etwa das Geheimnis, sondern vergrößerte es noch.

Daniels Arbeitszimmer war genau durch eine solche unsichtbare Kordel vom Rest der Wohnung getrennt. Irgendwann war der Punkt erreicht, an dem ihre Sprachlosigkeit sie aufstehen ließ, um hinüberzugehen.

Das Arbeitszimmer war der hinterste Raum der Wohnung. Sophia betrat es bereits mit dem Gefühl der Schuld. Es war ein schönes Zimmer. Und es war keineswegs gewöhnlich oder bescheiden eingerichtet. Auch nicht protzig, aber mit größter Sorgfalt.

In der Mitte stand der Stuhl, auf dem er übte. An den Wänden neben der Tür und über dem Türstock befanden sich Bücherregale aus schwerem, dunklem Holz. Ein aufgeräumter, wuchtiger Schreibtisch am Fenster. Das Gegenstück zu dem filigranen Sekretär, an dem sie sitzen durfte.

Ein dunkelbraunes Ledersofa auf der gegenüberliegenden Seite, nahe der Balkontür. Daniel besaß eine umfangreiche Musikbibliothek, aber auch viel Literatur. Das meiste davon gelesen, er war ein umfassend gebildeter, interessierter Mensch.

Mehr als einmal, wenn sie einen Tag im Bett verbracht hatten, hatte sie aus den Herumliegenden etwas ausgesucht, was sie sich gegenseitig vorlesen konnten.

»Sieh mal an, Amiel!«, rief sie aus, als sie auf eine Auswahl aus dessen Tagebüchern stieß. »Den kennen nicht viele.«

Daniel nahm die Anerkennung geschmeichelt entgegen. Sophia las ihm, im Schneidersitz auf dem Bett sitzend, vor:

»Wenn der Mann sich stets mehr oder weniger über die Frau täuscht, so deshalb, weil er vergisst, dass sie und er nicht ganz die gleiche Sprache sprechen ...«

Sie lachten darüber, kein bisschen beunruhigt.

Das war sie auch jetzt nicht. Eher neugierig. Sie wollte wissen, wie die andere Seite aussah, diejenige, die er ihr nicht zuwandte, diejenige, die er vor ihr zu verbergen suchte.

Was machte sie so sicher, dass es diese Seite gab? Nichts! Sie nahm einfach an, jeder habe so eine Seite. Das schien ihr keine sonderlich hässliche Unterstellung.

Sie näherte sich den Bildern an der gegenüberliegenden Wand, Ölbilder, Stiche, und spielte sich selbst vor, sie interessierten sie, aber sie waren ihr vollkommen egal.

Also, was tat sie hier? Sich umsehen, dachte sie, um das andere Wort zu vermeiden, das ihr ebenfalls in den Sinn kam: herumschnüffeln.

Sophia bewegte sich auf Zehenspitzen und atmete flach, so als dürfe sie keinesfalls Spuren hinterlassen. Vor allem aber wollte sie es nicht. Wenn sie nur die kleinste Kleinigkeit veränderte oder irgendeine noch so geringfügige Spur hinterließ, konnte sie nicht mehr sicher sein, dass Daniel es später nicht bemerken würde. Vielleicht, oder sogar ziemlich sicher, würde er sie nicht zur Rede stellen. Aber seine verheerende Analyse von vor ein paar Wochen – »Wirst du jetzt eifersüchtig?« – bekäme Nahrung.

Daniel schrieb Tagebuch. Er machte kein Geheimnis daraus. In ihrer Anfangszeit, als sie gemeinsam auf Reisen waren, schrieben sie oft gleichzeitig auf dem Hotelzimmer. Sie an ihrem Laptop, er in eines dieser eleganten schwarzen Notizbücher im mittleren Format. Das aktuelle hatte er auf seinen Reisen dabei, aber die vorhergehenden standen in seinem Bücherregal.

Sie hatte noch nie eines herausgenommen, geschweige denn in einem gelesen. Aber sie sah nach ihnen, so als wollte sie sich vergewissern, ob sie noch da waren. Warum tat sie das? Vermutlich doch nur, weil einmal der Tag kommen würde, an dem sie eines herausnähme, um es aufzuschlagen und hineinzusehen. Sie machte sich Vorwürfe deswegen. Warum gingen ihre Gedanken überhaupt in diese Richtung? War das der Charakter ihrer Beziehung? Er in der Welt draußen, ein berühmter Mann, sie in ihrem Beruf gescheitert, mit einer Scheinbeschäftigung in einem Asyl von seinen Gnaden? Es hatte so anders begonnen.

Doch nun war sie hier, hatte den ganzen Tag für sich und arbeitete angeblich oder tatsächlich an ihrem

Projekt, das ihr vollkommen schleierhaft war. Daniel hingegen eilte von Konzert zu Konzert, von Plattenaufnahme zu Plattenaufnahme. Eine dichte Abfolge einzigartiger Momente höchster Kunst.

Sie hatte allen Anlass, sich zu fragen, was er noch so trieb, nicht nur, wenn er mit dem Orchester auf Reisen war. Warum sollte er ihr treu sein? Er war umgeben von schönen, erfolgreichen, hochbegabten Musikerinnen, begeistertem Publikum. Schnell hatte er sich auf sie eingelassen, warum sollte er sich nicht ebenso schnell wieder für eine andere Frau interessieren, die jetzt in seiner Nähe war?

Es war ein ungünstiges Gemisch aus Neid und Eifersucht, das sie antrieb. So als fände sie hier die Antworten. Wie war er zu einem großen Künstler geworden? Worin bestand der Trick? Konnte sie sich etwas von ihm abschauen, um ihr eigenes Vorhaben voranzubringen? Und was war mit den anderen Frauen in seinem Leben? Er behauptete, es gäbe keine, außer seiner Exfrau. Das konnte nur gelogen sein.

In einem der unteren Fächer des Bücherregals, etwa auf Höhe des Schreibtischs, stand eine Reihe von Fotoalben.

Sie konnte natürlich keine Aussage über alle Männer treffen, aber der Teil der männlichen Weltbevölkerung, den sie in ihrem achtunddreißigjährigen Leben kennengelernt hatte, legte keine Fotoalben an. Mütter taten das, Ehefrauen, bis sie irgendwann genug davon hatten, weil weder ihre Kinder noch ihre Männer sie freiwillig ansahen.

In dem Fach darüber befanden sich die Tagebücher. In ihnen würde sie nicht lesen. Sie befürchtete nicht, er würde es merken. Aber ihr selbst wäre es wie eine Bankrotterklärung für ihre Beziehung vorgekommen. Die Fotoalben stellten in gewisser Weise einen Kompromiss dar. Vermutlich hätte er sie ihr ohne Umstände gezeigt, sie vielleicht aufgefordert, selbst welche aus dem Regal zu nehmen und durchzusehen. Die Alben waren eigentlich Aktenordner mit beschrifteten Rücken, Jahreszahlen standen darauf, manchmal kombiniert mit Ortsnamen. Es waren keine fortlaufenden Jahreszahlen, es schien sich nur um eine Auswahl aus einem größeren Bestand zu handeln. Vielleicht diejenigen, die ihm besonders viel bedeuteten, und die er deshalb gerne zur Hand hatte. Ein Album war wohl älteren Datums, kein Aktenordner, sondern ein billiger weißer, an den Rändern vergilbter Kunstlederband. Es war dasjenige, nach dem Sophia griff, vielleicht einfach nur, weil es anders aussah als die übrigen. Sie hatte nicht vor, alle durchzusehen. Eigentlich suchte sie nur nach einem Hinweis, der ihr erlauben würde, dieses Gefühl zwischen Neid und Eifersucht zu nähren, das ihr zu schaffen machte.

Das weiße Album schien den Fotos nach aus den späten Achtzigern oder den frühen Neunzigern zu stammen. Sie waren nicht beschriftet.

Der Anblick von Daniel als ganz jungem Mann rührte Sophia. Er wirkte so fohlenhaft, schlaksig, ungelenk. Nichts von der souveränen, feingliedrigen Sicherheit, die ihn heute so besonders und imposant erscheinen ließ. Es waren nicht viele Aufnahmen darin. Einige, die allem Anschein nach von einer Konzertaufführung stammten. Lauter sehr junge Leute. Vielleicht ein Abschlusskonzert an der Musikhochschule. Der Rest bestand aus leeren Seiten. Ganz hinten aber waren einige Fotos lose eingelegt, die Sophias speziellen Wunsch, etwas Kompromittierendes zu finden, zumindest teilweise befriedigten. Es handelte sich um eine Serie von Polaroids, vielleicht sechs oder sieben. Auf typische Weise verblasst und unnatürlich in den Farben. Doppel- und Einzelporträts von ihm als jungem Mann, noch keine zwanzig, und einer Frau, vielleicht ein bisschen älter als er, aber nicht viel. Sie hatte die Haare blau-schwarz gefärbt und wild abstehend, eine Punkfrisur. Beide hatten sie tiefe Augenringe, Zigaretten in den Händen, und sie alberten herum, während sie jemand fotografierte. Jemand, den sie nicht fotografiert hatten, jedenfalls war er auf keinem der Bilder zu sehen. Ein ganz unterschiedliches Paar.

Sie ein Nachtschattengewächs, er ein unbeholfener, netter Junge. Aber sie schienen Spaß miteinander gehabt zu haben. Sophia schämte sich, nachdem sie die Fotos betrachtet hatte. Sie hatte gefunden, wonach sie gesucht hatte. Ging es ihr jetzt besser? Auf eine gewisse Weise schon, denn ihre Eifersucht hatte ein wenig Nahrung bekommen. Und doch kam sie sich lächerlich vor. Sie klappte das Album zu, stellte es zurück ins Regal und trat den Rückzug an.

Hatte sie die Fotos genau so wieder in das Album gesteckt, wie sie darin gelegen hatten? Sie waren lose und scheinbar achtlos hineingelegt worden, aber vielleicht würde Daniel trotzdem bemerken, dass jemand – sie – das Album aus dem Regal genommen hatte?

Sie rief sich zur Ordnung und zwang sich zurück an den Sekretär, um zu schreiben.

Sie hätte diese Episode zweifellos vergessen, verdrängt, genauso wie die belanglose Eifersucht auf diese mutmaßliche Liebe aus längst vergangenen Zeiten, wäre ihr nicht ein Gedanke in den Sinn gekommen, der sie eher befremdete und den sie sofort wieder verwarf: Hatte sie diese Frau nicht schon einmal gesehen?

2.

»Sie wissen also überhaupt nicht, wer ich bin?«, fragte er und lächelte, als bereite ihm diese Vorstellung besonderes Vergnügen.

»Ich habe nicht die leiseste Idee«, antwortete Sophia.

Das war nicht ganz die Wahrheit, und dennoch: Es grenzte an Hochstapelei, dass sie diesen Auftrag angenommen hatte. Er ahnte es, und sie wusste es. Sie konnte kaum Noten lesen, es wäre ihr sehr schwergefallen, die Namen von mehr als zehn Komponisten aufzuzählen, und sie erinnerte sich kaum an das letzte klassische Konzert, das sie besucht hatte. Es musste über ein Jahr her sein, und sie wusste nicht mehr, was gespielt worden war. All das zugeben zu müssen, wäre schrecklich gewesen.

»Und du glaubst wirklich, das ist kein Problem?«, hatte sie Lea gefragt, die ihr den Job vermittelt hatte.

»Nein, das ist vielmehr der Witz an der Sache!«, hatte die geantwortet.

Lea war eine ziemlich bekannte Fotografin, sie hatten schon öfter zusammen gearbeitet. Nun begleitete sie eine Spielzeit lang das Staatliche Symphonieorchester bei seinen Proben, bei Auftritten zu Hause im Herkulessaal der Residenz in München und auf Tourneen, die um die Welt führten: in die USA, nach Asien, Russland und beinahe jede Woche in eine andere europäische Großstadt. Sophia war voller Bewunderung, als Lea ihr auf dem Laptop die Bilder zeigte, die sie bisher gemacht hatte. Lea war gut im Geschäft, Aufträge dieser Größenordnung waren für sie keine Seltenheit.

»Das ist alles für das Jahresprogrammheft der kommenden Saison. Ein aufwendiges Ding, beinahe ein Buch. Dazu sind natürlich auch noch Texte nötig. Ich verstehe mich gut mit dem Orchestermanager und habe zu ihm gesagt: ›Ich kenne eine Journalistin, die schreibt Ihnen dafür ein paar richtig schöne Texte: lebendige, interessante Geschichten über Ihr Orchester, hundertmal spannender als irgendwelche musikwissenschaftlichen Abhandlungen.‹ Das fand er gut.«

»Und er weiß, dass ich keine Ahnung habe?«

»Ich habe ihm gesagt: ›Mal ehrlich: Die meisten normalen Leute, die ins Konzert gehen, haben keine Ahnung. Und genau für die soll sie schreiben.‹ Das hat ihm eingeleuchtet. Und außerdem habe ich ihm natürlich vorgeschwärmt, wie genial du bist.«

Sophia war glücklich darüber und konzentrierte sich darauf, professionell zu erscheinen. Sie telefonierte mit dem Manager, der ihr ein stattliches Honorar in Aussicht stellte und sie nach München einlud, um ein Gespräch zu führen.

»Ist das ein Vorstellungsgespräch?«

»Wenn Sie so wollen, ja. Sie werden dem Orchester sehr nahekommen. Wir wollen, dass Sie für die Dauer Ihrer Arbeit ein Teil davon werden. Sie haben überall Zugang, genießen volles Vertrauen. Vor allem das der Musiker. Sie sollen so nah wie möglich an sie herankommen. Ohne sie natürlich zu stören. Die Musiker müssen sich mit dieser Entscheidung wohlfühlen.«

»Und mit wem werde ich sprechen?«

»Mit einem Mitglied des Musikerrates, das gerade Zeit hat. Wer es genau sein wird, kann ich Ihnen noch nicht sagen. Wir sind mitten in den Proben.«

Für Sophia war der Auftrag eine große Sache. Nicht nur lukrativ, sondern auch interessant. Sie wollte sich von ihrer besten Seite zeigen. Die anderthalb Wochen bis zu ihrer Reise nach München nutzte sie für einen Youtube- und Wikipedia-Crashkurs in Klassik, studierte eingehend das umfangreiche Material, das ihr der Orchestermanager zugesandt hatte, sowie die Homepage des Orchesters und stellte fest, dass es unmöglich war, in so kurzer Zeit auch nur halbwegs glaubhaft wenigstens als interessierter Laie zu erscheinen. Mit Schummelei, das war ihr klar, würde sie hier nicht weit kommen. Es blieb ihr nur die Flucht nach vorn. Vielleicht konnte sie damit landen, vielleicht würde man sie aber auch mit freundlicher Herablassung abblitzen lassen. Beide Möglichkeiten spielte sie auf dem Weg nach München unzählige Male durch. Immerhin hatte sie sich sämtliche Porträts der Musiker genau angesehen, mit Fotos und Biografien. Es waren mehr als hundert, und nicht alle hatten sie so

25

beeindruckt wie das des Mannes, der ihr nun gegenübersaß, aber das wollte sie vorerst für sich behalten. Sein feines, scharf konturiertes Gesicht verriet, dass er es gewohnt war, sich ausdauernd zu konzentrieren und Müdigkeit zu unterdrücken. Er lächelte amüsiert.

»Und wie wollen Sie dann über uns schreiben?«, fragte er.

»Indem ich meine Unwissenheit zur Arbeitsgrundlage mache.«

Er lachte.

»Aber was soll dabei herauskommen?«

»Ich stelle mir meinen Auftrag vor wie den einer Ethnologin, die einen exotischen Stamm besucht. Einen Nomadenstamm, der den größten Teil des Jahres in der Welt herumzieht. Der ein starkes Kollektivbewusstsein besitzt, was man daran erkennen kann, dass er sich selbst als ›Klangkörper‹ bezeichnet. Dabei sind seine Angehörigen ausgeprägte Individualisten. Nur, wer sein Instrument auf einzigartige Weise zu spielen versteht, kann aufgenommen werden. Mich interessieren zum Beispiel folgende Fragen: Welchen Regeln folgt diese Initiation? Wie sieht das Leben der Stammesmitglieder aus, wenn sie einmal aufgenommen wurden? Worin bestehen ihre Siege, ihre Niederlagen? Was wollen sie erreichen?«

Er zog kurz die Augenbrauen hoch.

»Klingt besser, als ich dachte. Und die Musik? Soll sie gar keine Rolle spielen?«

»Wie ich darüber schreiben werde, weiß ich aber noch nicht. Das hängt von Ihnen ab, von den Musikern. Je mehr sie sich öffnen, desto tiefer kann ich in ihre Musik eindringen.«

»Das ist ein bisschen vage.«

»Es ist ganz konkret. Sehen Sie sich zum Beispiel den Raum an, in dem wir hier sitzen. Sie verschwenden vermutlich keinen Gedanken daran, wie er aussieht. Ich finde ihn kurios. Hätte man gedacht, dass eines der berühmtesten Orchester der Welt seine Pausen in einer Kantine verbringt, die einem Internat aus den Fünfzigerjahren ähnelt? Und doch, für jeden jungen Musiker, der hier aufgenommen werden will, sind das heilige Hallen.«

Ganz unabhängig davon, was sie sagte, spürte sie, dass sie ihm gefiel. Sie bemerkte es an der merkwürdigen Vertrautheit, mit der er sie von dem Augenblick an, als sie hereingekommen war, ansah. So, als würde er sie schon gut kennen. Es schmeichelte ihr und ermutigte sie, weiterzureden.

»Seien wir ehrlich«, sagte sie, »den meisten Menschen heute ist klassische Musik ziemlich fremd, wenn sie nicht gerade selbst Musiker sind. Klassische Musik gilt als elitär und schwierig. Wäre es nicht eine gute Idee, den Leuten die Furcht zu nehmen, sie seien zu dumm oder ungebildet, um Ihre Kunst zu verstehen, und sie dafür zu gewinnen?«

Nun lag alles in seinen Händen. Er konnte sie als Ignorantin hinauskomplimentieren, und ihr Job wäre erledigt. Mit etwas Glück würde man ihr das Rückflugticket erstatten.

»Mag sein«, sagte er, »aber das kann nur funktionieren, wenn Sie sich ganz und gar darauf einlassen.«

»Ich bin schon dabei. Ich ahnte ja nicht, dass ich heute mit Ihnen sprechen würde. Der Musikerrat des Orchesters besteht immerhin aus fünf Mitgliedern. Trotzdem wusste ich schon, als ich hier hereinkam, dass Sie Daniel Keller heißen und einer der gefragtesten Violoncellisten des Landes sind. Ich weiß, wann Sie mit dem Cello begonnen haben, wo Sie studiert haben, welchen Ensembles und Orchestern Sie angehörten, dass Sie an der hiesigen Musikhochschule unterrichten, und dass Sie ein Tononi-Cello von 1730 spielen.«

Er lachte.

»Ich sehe, man darf Ihnen nicht trauen, wenn Sie behaupten, Sie hätten keine Ahnung. Haben Sie das auswendig gelernt?«

»Nicht absichtlich. Dinge, die mich interessieren, merke ich mir.«

Sie hatte nicht erwartet, eine so passende Gelegenheit zu bekommen, um zu brillieren. Von den vier anderen Mitgliedern des Musikerrates hätte sie die Namen nicht gewusst. Seinen hatte sie behalten, weil sie sein Foto interessant gefunden hatte. Das Gesicht so hager und ausdrucksstark. Er musste es gewohnt sein, Eindruck zu hinterlassen. Dennoch war ihm anzusehen, wie geschmeichelt er sich fühlte.

»Es laufen gerade die Proben. Wollen wir mal reingehen? Dann sehen Sie ein erstes Mal, wie wir arbeiten«, schlug er vor.

»Das bedeutet: Ich habe den Auftrag?«
»Ich wüsste nicht, was dagegen spricht.«

Bei dem Versuch, ihre gemeinsame Geschichte aufzuschreiben, hatte Sophia so begonnen. Sie hatte diese
Seiten an einem einzigen Abend, jedoch schon vor
Monaten geschrieben, voller Anfangseifer. Seither
begannen ihre Tage wieder und wieder damit, sie
zu lesen. Immer wirkten sie anders auf sie. Einmal
fiel ihr zum Beispiel auf, dass sie schon damals das
Wort »Hochstaplerin« für sich gebraucht hatte. Ein
andermal kamen sie ihr zu glatt vor, mal war sie un-
zufrieden damit, wie sie selbst darin erschien: zuerst
ahnungslos wie eine Anfängerin, dann plötzlich allzu
clever. War das wirklich der Verlauf ihrer ersten
Begegnung gewesen? Schon der erste Satz: War es
das, was er zu ihr gesagt hatte? Oder eher das, was
sie ihm nun in den Mund legte? Und sie? War sie
wirklich so gut vorbereitet gewesen? Oder war da
nicht sofort jenes Interesse aneinander oder vielleicht
sogar schon eine augenblickliche Verliebtheit, die ihre
offensichtliche Ahnungslosigkeit im Verlauf der Unterhaltung zu einem immer geringeren Problem werden ließ?

So klar, so geradlinig wie dieser Anfang, war der
Anfang in Wirklichkeit nicht gewesen. »Der Anfang«,
welcher Anfang? Je länger sie darüber nachdachte
oder leise vor sich hin sprach, was sie, wenn sie mit
sich alleine war, öfter tat, desto rätselhafter wurden ihr
alle diese vermeintlichen oder tatsächlichen Zusam-

menhänge. Wenn irgendetwas helfen konnte, dann, sich an die Fakten zu halten.

Die Fakten: Sie hatte Daniel vor ziemlich genau sechs Monaten kennengelernt. Das Datum ihres ersten Treffens stand in ihrem Kalender. Ihr kleiner, bordeauxroter Filofax lag vor ihr auf der Arbeitsfläche, zugeklappt. Sie musste nicht nachsehen, das Datum kannte sie auswendig. »Dinge, die mich interessieren, merke ich mir«, murmelte sie vor sich hin. Das war Sarkasmus. Daniel sagte, den müsse sie sich dringend abgewöhnen. Vor allem sich selbst gegenüber. Man könne nichts lernen, wenn man sich verbiete, Erfahrungen zu machen, und Erfahrungen zu machen, heiße in erster Linie, zu scheitern. Ein einschüchterndes Statement von einem »der gefragtesten Violoncellisten des Landes«, wie sie angeblich bei ihrer ersten Begegnung gesagt hatte. Vielleicht hatte sie das nicht ausdrücklich gesagt, aber es war ihr klar gewesen, und sie hatte ihm das auch zu verstehen gegeben. Daniel war von unermüdlichem Fleiß. Er übte, probte, spielte jeden Tag stundenlang. Anfangs dachte sie, »wie ein Besessener«, aber das traf es nicht. Daniel war nicht besessen von seinem Instrument, er war von ihm begeistert.

»Wir sprechen davon, ein Instrument zu beherrschen. Aber das ist falsch, es geht nicht darum, es zu beherrschen. Es geht darum, es zu spielen«, hatte er einmal zu ihr gesagt.

Und sie? Anfangs schien die Sache in der Balance. Er spielte Cello, sie schrieb. So hatte es begonnen, so sollte es weiter sein. Deshalb setzte sie sich nun jeden Morgen, nachdem er die Wohnung verlassen hatte oder verreist war, an den Schreibtisch.

War es richtig, über sich selbst in der dritten Person zu schreiben? Warum tat sie das? Warum sagte sie nicht einfach »Ich«? Weil ihr das Gesagte nur so die angemessene Distanz zu sich selbst zu bekommen schien. Wenn sie irgendetwas über ihre Lage herausfinden wollte, musste sie so viel Abstand wie möglich zu sich selbst gewinnen.

Wie war sie an diesen Punkt gekommen? Warum schien es ihr, als wolle sich das erstaunliche, gerade gefundene Glück wieder gegen sie wenden? Alles in ihr sträubte sich, darüber nachzudenken. Vor allem wollte sie nicht ihre Gefühle für Daniel in Zweifel ziehen. Sie liebte ihn. Wenn etwas nicht stimmte, dann musste es an ihr liegen, und sie musste es in Ordnung bringen. Schreiben konnte vielleicht helfen. Schreiben in der dritten Person über sich selbst. Distanz und Klarheit. Sie musste Schritt für Schritt vorgehen. Wenn auf diese Weise kein Roman daraus wurde, war das nicht so wichtig. Vielleicht kam etwas viel Wichtigeres dabei heraus. Sie musste rekapitulieren.

Wann genau verliebte man sich in jemanden? Sophia interessierte sich tatsächlich für den Zeitpunkt. Denn wenn sie an den Anfang dachte, kam es ihr mehr und mehr vor, als sei sie schon in Daniel verliebt gewesen, bevor sie ihn zum ersten Mal getroffen hatte. Wie konnte man schon in jemanden verliebt sein, den man noch gar nicht kannte? Das war eine dieser Fragen, denen sie nachgehen musste. Vielleicht hatte das viel weniger mit der Person zu tun, in die man sich verliebte, und viel mehr mit einem selbst.

Der Anblick der Polaroids hatte Sophia eigenartig berührt. Das Gefühl, die Frau darauf schon einmal gesehen zu haben. Es war vielleicht nicht vollkommen unmöglich, aber doch sehr unwahrscheinlich. Auf den Fotos dürfte sie ungefähr Mitte zwanzig gewesen sein. Heute wäre sie also Mitte fünfzig und sähe wohl kaum noch aus wie damals. Die Erinnerung zu ihrem Gefühl fehlte.

Sophia wandte sich wieder ihrer Erzählung zu:

Daniel und sie hatten sich in der Musikerkantine ein paar Minuten unterhalten. Obwohl sie erst ganz kurz zusammen waren, stand schon fest, sie würden Zeit miteinander verbringen. *Er* war bereit, Zeit mit *ihr* zu verbringen, denn so waren die Spielregeln von Beginn an: er der bewunderte Künstler, sie die Berichterstatterin, auch wenn er diesen Unterschied gerne herunterspielte, indem er sich betont unkompliziert gab. Ebendies wiederum ließ sie denken, ich scheine ihm gut zu gefallen.

Er ermunterte sie mit einem Kopfnicken, aufzustehen und ihm zu folgen. Sie verließen die Kantine und stiegen über ein schmales, hölzernes Treppengeländer zu einer schweren Metalltür, auf der in großen roten Lettern NICHT BETRETEN! stand. Dahinter war, leise, das Orchester zu hören.

»Die 9. Sinfonie von Schostakowitsch«, sagte Daniel,

dann zog er die Tür auf und lud Sophia mit einer Handbewegung ein, voranzugehen. Die Musik umfing sie, als sie über eine Feuertreppe den Balkon des Herkulessaals erreichten. Steil unter ihnen befand sich die Bühne. Sie klappten dicht nebeneinander zwei der schmalen Sitze aus und setzten sich. Die Ellbogen auf das Geländer des Balkons gestützt, sahen sie hinab. Daniel, den sie zu diesem Zeitpunkt noch »Herr Keller« nannte, deutete auf den Mann am Dirigentenpult und flüsterte:

»Maeterlinck.«

Sophia nickte ehrfurchtsvoll. Zum Teil, weil sie so empfand, aber auch, weil sie zum Ausdruck bringen wollte, dass ihr die Exklusivität des Einblicks in die Arbeit des Orchesters, der ihr so ohne alle Umstände gewährt wurde, bewusst war. Die Musiker trugen größtenteils Jeans, T- oder Sweat-Shirts, Maeterlinck einen zerbeulten minzfarbenen Cardigan. Die Kleidung stand in einem überraschenden Gegensatz zur Festlichkeit der Musik und zur Autorität des Dirigenten. Maeterlinck hob die Hand, und das Orchester hielt sofort inne. Er sagte: »Nur ein paar Kleinigkeiten.«

Er war mit den Cellisten nicht zufrieden und erläuterte ihnen, worum es ihm ging. Er ließ einige Takte wiederholen. Das Ergebnis gefiel ihm noch immer nicht. Er unternahm einen neuen Anlauf, es zu erklären. »Dies hier ist so, wie der Mensch ist«, sagte er und ließ kleine pantomimische Darstellungen von Hoffnung, Nachdenklichkeit, Aufgeregtheit, Ängstlichkeit folgen. Sophia war entzückt.

»Als kleiner Junge saß er auf Schostakowitschs Schoß«, flüsterte ihr Daniel zu.

Sie lächelte, als handle es sich um einen Scherz, aber Daniel Keller lächelte zurück und nickte, um ihr zu signalisieren, dass das tatsächlich stimmte. Die Stelle wurde wiederholt und wiederholt, Maeterlinck bestand darauf, zu hören, was er hören wollte. Er entschuldigte sich beim Rest des Orchesters: »Verzeihung, dass ich *Sie* so quäle, aber *die* brauchen das.«

Nach einigen Anläufen gelang es den Cellisten, den Ausdruck, den sie eben noch im Gesicht des Dirigenten fanden, in ihre Musik zu legen. Maeterlinck schien immer noch nicht ganz zufrieden, doch seine Miene wechselte gewissermaßen das Thema, und er ließ das Orchester weiterspielen.

Wochen später hatte Sophia genau diese Szenen vor Augen, als sie schrieb:

»Einem Laien wie mir erscheint der Dirigent als die mysteriöseste Figur in einem Orchester. Nichts, was er schafft, wäre je mit Händen zu greifen. Sein Werk hat er nicht komponiert, und es wird von anderen gespielt, und doch ist es unzweifelhaft vorhanden. Aber es bleibt unsichtbar, immateriell, niemand kann es wägen oder messen. Kann man es hören? Das Orchester kann man hören, den Taktstock nicht. Dennoch gilt der Dirigent vielen als die entscheidende Person auf der Bühne. Dahinter nur die Sehnsucht nach ein bisschen Starkult zu vermuten, wäre vermutlich zu kurz gegriffen. Was tut er denn also? Stellt er auf irgendeine Weise die Musik dar? Wohl kaum, er interpretiert keine Rolle, und einen Schauspieler würde man ihn nur im schlechtesten Fall nennen. Ein echtes Rätsel also.«

Sie fand, sie hatte sich bei dem Versuch, etwas halbwegs Intelligentes über den Dirigentenberuf zu schreiben, tapfer geschlagen.

»So, danke«, sagte Maeterlinck, als sie am Ende des Satzes angelangt waren, und das war offenbar das Zeichen für alle, sich von ihren Plätzen zu erheben und ihre Instrumente abzulegen.

»Pause«, sagte Daniel. »Sie kommen jetzt hoch in die Kantine. Auch der Maestro. Wenn Sie Lust haben, stelle ich Sie vor?«

Lust war vielleicht nicht das richtige Wort. Natürlich wollte, musste sie das Orchester kennenlernen, nur fühlte sie sich überhaupt nicht darauf vorbereitet. Sie hatte nicht damit gerechnet, dass ihre Arbeit schon gleich losging, an Ort und Stelle.

»Denken Sie, das ist ein guter Zeitpunkt?«

»Wann sonst? Gibt es einen besseren? Sie werden nicht abgefragt, keine Angst. Und falls doch, springe ich Ihnen bei. Es geht nur darum, dass die Leute Ihr Gesicht einmal sehen, damit sie wissen, dass Sie uns nun begleiten.«

Sophias Schulterzucken und Nicken hieß, »Wenn Sie meinen«, und hinterließ, wie sie sofort befürchtete, nicht gerade den engagiertesten Eindruck. Sie ermahnte sich stumm, es jetzt nicht durch Zaghaftigkeit zu vermasseln. Daniel Keller ging mit einer aufmunternden Geste voran.

35

Die Kantine war nun lebhaft gefüllt, vor der kleinen Essensausgabe in der Wand hatte sich eine Schlange gebildet. Keller hielt einzelne Musiker auf und stellte ihnen Sophia vor, als »die Journalistin, die uns in nächster Zeit für das Programmheft begleitet«. Anders, als sie erwartet hatte, löcherten sie sie nicht sofort mit Fragen, um sie als Musikdilettantin zu überführen, sondern grüßten freundlich und eher beiläufig interessiert. Einige wechselten ein paar unverbindliche Worte mit ihr, wünschten ihr viel Vergnügen und Erfolg und wandten sich wieder ihren Gesprächspartnern und ihrem Kaffee zu. Dann kam Maeterlinck herein. Er erschien ihr jetzt kleiner als vom Balkon aus. Begleitet von einer jungen Frau und einem jungen Mann, die beide offenbar ganz mit seiner Betreuung beschäftigt waren, durchmaß er den Raum, es wäre unmöglich gewesen, ihn anzusprechen, sein Blick war, über alles und alle hinweg, nach vorne gerichtet. Der Cardigan und seine verbeulte Hose unterstrichen in gewisser Weise noch seine Majestät. Daniel, der möglicherweise vorgehabt hatte, ihm Sophia vorzustellen, unterließ es. Als Maeterlinck an ihnen vorbei war, sagte Daniel:

»Er hat eine eigene Garderobe nebenan, in der er die Pausen verbringt. Wenn Sie Glück haben, bekommen Sie mal eine Audienz bei ihm. Es ist gar nicht so leicht, ihm eine Frage zu stellen, die er für interessant hält.«

Sophia glaubte das sofort. Sie wünschte sich nun eigentlich nur noch, gehen zu können, am Nachmittag

in der Stadt und im Hotel diesen ersten Tag zu verarbeiten, die Tatsache, dass sie den Auftrag bekommen hatte, wusste, wovon sie die nächsten Monate
leben konnte, darüber nachzudenken, wie sie über das
Orchester und seine Musik schreiben könnte, ohne
sich damit zum Narren zu machen. Daniel schien zu
spüren, dass sie wegwollte.

»Was haben Sie jetzt vor? Sind Sie verabredet?«,
fragte er sie.

Genau in diesem Moment hatte sie zum ersten Mal
das Gefühl, es könne sich ein Flirt zwischen ihnen
ergeben.

Mit diesem letzten Satz hatte Sophia sich selbst, ohne
es zu ahnen, eine Falle gestellt, in die sie auch gleich
getappt war. Als sie ihn hinschrieb, fand sie, er gäbe
einen hübschen Schlusseffekt für den Absatz. Zuvor
hatte sie gesagt, sie interessiere der Zeitpunkt, an dem
sie sich ineinander verliebt hatten, nun benannte sie
ihn.

Tagelang brütete sie darüber, wie sie von dieser
Stelle aus fortfahren konnte. Eigentlich war es doch
ganz einfach. Sie müsste nun erzählen, wie sie spazieren gingen, zuerst im Hofgarten, dann im Englischen
Garten. Sie müsste erzählen, worüber sie gesprochen
hatten. Doch das erschien ihr als mühsame Fleißauf-
gabe, die überhaupt nicht erklärte, wie sie zueinan-der-
kamen. Schließlich begriff sie, warum das so war.

Der Satz, »Genau in diesem Moment hatte sie zum
ersten Mal das Gefühl, es könne sich ein Flirt zwi-

schen ihnen ergeben«, ließ sie selbst vollkommen außer Betracht, obwohl er das Gegenteil behauptete. Sophia verblüffte diese Erkenntnis so sehr, dass sie sich fragte, ob es wirklich eine war. Was sollte das überhaupt heißen, »außer Betracht«? Sie brauchte eine ganze Weile, bis sie es, zunächst nur in Frageform, klarer fassen konnte.

Die Frage, um die es ihr an dieser Stelle ging, war nicht durch die Schilderung mehr oder weniger romantischer Ereignisse zu beantworten. Die Frage war: Wer hatte sich wen ausgesucht? Sie ihn? Er sie? Hierauf Antworten zu finden war viel wichtiger, als die Erlebnisse des Tages zu schildern. Es sei denn, die Erlebnisse des Tages konnten Aufschluss darüber geben.

Wenn Sophia an ihre erste Begegnung zurückdachte, kam es ihr so vor, als sei ihr schon davor klar gewesen, dass sie beide ein Paar würden. Das konnte doch eigentlich nur eine bestimmte Art von Wahrnehmungsverschiebung sein, dachte sie. Wie hätte sie wissen können, dass sie sich in Daniel verliebte?

Sie war schon verliebt, als sie sein Bild auf der Homepage des Symphonieorchesters gesehen hatte. Es war nicht so, dass sie schmachtend über diesem Bild zusammengebrochen wäre. Wenn sie sich recht erinnerte, hatte sie leise vor sich hingesagt, »Oh, hübsch«. Das war alles. Oder eben nicht alles. Denn das Bild arbeitete weiter in ihr.

Beim Schreiben verfiel sie auf die Idee, es so auszudrücken:

Es gab da eine Stimme, die sagte, »den schnappe ich

mir«. »Stimme« traf es gar nicht richtig. Es war ein Impuls, eine Regung, die das bedeutete, mehr nicht. Nie im Leben wäre Sophia auf die Idee gekommen, das als realen Plan auszusprechen, einfach, weil es kein realer Plan war.

Aber das erschien ihr beim Wiederlesen viel zu grob, zu ausdrücklich, zu ausgesprochen. Doch, das Wort »Fang« kam in ihrem Wortschatz durchaus vor, aber normalerweise nicht, wenn sie über sich sprach. Stand Berechnung hinter ihrem Interesse für Daniel? Nein, auch wenn Daniel zweifellos das darstellte, was man einen Fang nannte.

Vielleicht sollte sie sich nicht mit der Frage abmühen, warum sie sich ineinander verliebt hatten. Irgendeine unergründliche Verbindung von Fantasie und Biochemie. Das große Geheimnis, das man gerne dahinter vermutete, existierte möglicherweise einfach nicht. War die Wahrheit dahinter viel banaler? Sophia hatte nichts gegen banale Erklärungen. Oft trafen sie ins Schwarze. Es war einen Versuch wert. Wie wäre es mit: Journalistin auf dem absteigenden Ast, in einer allgemeinen Lebenskrise befindlich, um das schöne Wort einer Therapeutin aufzugreifen, die sie einmal und nie wieder besucht hatte, verliebt sich in einen Mann, der alles hat, was sie vermeintlich oder tatsächlich entbehrt: Geld, Talent, eine luxuriöse Wohnung, Erfolg, Ruhm, eine Mitte, eine Aufgabe, etwas, das ihn begeistert. Nur konnte sie das bei ihrer ersten Begegnung alles noch nicht gewusst haben. Sie hätte es ahnen können, bestenfalls. Aber es hatte bei dem, was

zwischen ihnen geschah, überhaupt keine Rolle gespielt.

Daniel schlug einen gemeinsamen Spaziergang vor,
und sie stimmte zu. Er müsse zuvor nur noch kurz
etwas erledigen, wenn es ihr nichts ausmache, könne
sie schon vorgehen, er komme gleich nach. Auch damit
war sie einverstanden.

Sie wartete unten vor dem Hintereingang der Residenz auf ihn. Es war Mitte April, aber das Wetter war,
zu früh im Jahr, schon sommerlich. Die Cafés im Hofgarten waren voller Menschen.

Als Daniel wenig später aus der Tür kam, schlug ihr
Herz so aufgeregt, dass sie sich nur wundern konnte.
War das echt? Sie musste über sich selbst lachen, und
sie lachte den näher kommenden Daniel Keller an, der
sie bloß ansehen musste, um zu wissen, was mit ihr los
war. Sie boten sich das Du an und begannen einen langen Spaziergang. Durch den Hofgarten hinüber zum
Englischen Garten, und dort dann weiter bis zum
Chinesischen Turm. Sophia hatte zwar diese Namen
schon gehört, aber kannte sich in der Stadt nicht aus.
Sie fragte Daniel, ob er immer in München gelebt
habe. Er bejahte lachend, wie jemand, der eine hof-
fentlich verzeihliche Schwäche gesteht. Sie gingen
weiter Richtung Norden, bis zum Aumeister, machten
dort eine Pause und gingen wieder zurück. Sie waren
stundenlang unterwegs, und allein die Dauer dieses
ersten gemeinsamen Spaziergangs war schon Zeichen
genug, dass etwas Außergewöhnliches zwischen ihnen

geschah. Sophia erinnerte sich kaum noch an den Wortlaut ihrer Gespräche, aber an die Art des Einverständnisses, das sich zwischen ihnen herstellte. Als sie sich voneinander verabschiedeten, verabredeten sie sich für den Abend wieder, und es erschien ihr da schon ausgemacht, sie würden noch an diesem Tag ein Paar werden.

Er hatte das *Schumann's* vorgeschlagen, für ein Abendessen. Er holte sie vom Hotel ab, und als sie das Lokal betraten, empfing sie der Chef des Hauses mit lässiger Vertraulichkeit, die Daniel galt, und in die er Sophia miteinbezog, sodass sie sich fühlen durfte, als sei auch sie hier schon seit langer Zeit ein willkommener Stammgast. Bald kamen weitere Gäste an ihren Tisch, bekannte Journalisten, von denen zwei behaupteten, Sophias Namen schon einmal gehört zu haben. Ein *Tatort*-Schauspieler, ein Rechtsanwalt, ein Theaterschriftsteller mit zwei *Residenz*-Schauspielerinnen und ein sinister wirkender Literaturagent.

Daniel stellte ihm Sophia als »Sophia Winter, Autorin«, vor, was den Literaturagenten sofort in Fahrt brachte.

»Was schreiben Sie?«, fragte er sie mit beinahe dramatischem Ernst.

Sie erzählte ihm von ihrem Auftrag, sie sprachen über Musik und Literatur, und schon nach kurzer Zeit schien er von der Idee besessen, Sophia könne einen Roman schreiben.

Während ihrer Unterhaltung beobachtete sie Daniel, der an allem, was sich an ihrem Tisch ereignete, spöttischen Gefallen zu finden schien. Ihr kam es vor, als hätten sich die Anwesenden entschlossen, ihr in einem Schnellkurs vorzuführen, warum diese Stadt einen so eigenartigen Ruf hatte, so liebenswert und lächerlich, so pompös und imposant, so provinziell und hochberühmt.

Der Abend ging lange, und draußen am Taxistand, nach einer überschäumenden und vielfältigen Abschiedszeremonie aller Beteiligten, kam es zwischen Sophia und Daniel beinahe zu einem ersten Kuss. Sie wechselten einen Blick des Einverständnisses, dass sie sich ihn für später aufheben würden, wenn sie allein wären.

Sophia wohnte im *Hotel Olympic*, in der Hans-Sachs-Straße, in der, wenige Häuser entfernt, auch Daniel zu Hause war. Vor dem Hotel gab es einen unschlüssigen Moment, und er schlug vor, noch ins *Pimpernel* zu gehen. »Früher war das ein reiner Transenladen, und als Hetero musste man sich wirklich was trauen, wenn man hineinging. Heute ist das eher ein Selbstzitat aus früheren Zeiten«, erklärte er ihr. Sie nahmen einen letzten Drink zusammen, und dann fragte er sie, ob sie noch zu ihm mitkommen wolle. Wieder auf der Straße küssten sie sich zum ersten Mal lange und leidenschaftlich. Danach beeilten sie sich, zu ihm nach Hause zu kommen.

»Hier sind wir«, sagte er, als er die schwere, dunkle Holztür zu einem Jugendstilaltbau aufsperrte, prachtvoll renoviert, wie alle Häuser in dieser Straße. Sie war nicht sonderlich überrascht, dass er an einem Ort wie diesem lebte, dennoch war sie beeindruckt. Ein schmiedeeiserner Käfigaufzug brachte sie in den fünften Stock, und von dort ging es ein weiteres Stockwerk zu Fuß in seine Wohnung, die, um es in ein Wort zu fassen, spektakulär war. Aber sie hielten sich nicht mit einer Führung auf. Das Schlafzimmer befand sich hinter einem Vorhang auf einer Empore rechts neben der Tür.

Wie war der Sex? Sie fand ihn zärtlich, aufmerksam, rücksichtsvoll, leidenschaftlich, auch wild. Alles also, was man von einem begnadeten Cellisten erwarten durfte. Keine bösen Überraschungen, keine peinlichen Entdeckungen, keine finsteren Abgründe. Sie liebten sich lange, und er schlief irgendwann, vor ihr, ein. Sie dachte lächelnd an Lea, fragte sich, ob es irgendetwas zu bereuen gab, aber das gab es nicht. Sie hatte sich auf ein romantisches Abenteuer eingelassen, zu dem sie sich beglückwünschte.

Sie erwachte von einem Kuss, den er ihr auf die Stirn gab. Das Licht des frühen Vormittags fiel durch die Fenster, er war schon angezogen und sagte, er müsse zu den Proben.

»Auf dem Esstisch steht ein Frühstück. Mach es dir gemütlich. Ich hoffe, du bist noch da, wenn ich wiederkomme?«, sagte er.

Sie nickte, und er machte sich auf den Weg.

Sie blieb und bestaunte Daniels Wohnung. Ein ausgebautes Speichergeschoss, große, ineinander übergehende Zimmer, hohe Fenster, hohe Räume, hell, eine

Dachterrasse, ganz am anderen Ende eine Tür, hinter der sie einen weiteren Raum vermutete, das Arbeitszimmer, von dem sie noch nichts wusste. Vorne, neben dem Eingang, eine elegante Küche und, mitten im Raum, ein kleiner runder Tisch, auf dem ihr Frühstück stand. Sie ging ins Bad, und es erleichterte sie, keinerlei Utensilien zu finden, die auf eine Frau hinwiesen.

Sie musste ihn das fragen. Eigentlich konnte sie sich nicht vorstellen, dass jemand wie Daniel keine Freundin hatte. Er hatte sie nicht danach gefragt, ob sie in einer Beziehung lebte. Lediglich seine Exfrau und seine Tochter hatte er einmal erwähnt.

Sophia holte ihr Handy aus ihrer Jackentasche, stieg wieder ins Bett und rief Lea an, die nach dem zweiten Klingeln dranging. Sie war wohl schon am Arbeiten.

»Rate mal, wo ich bin?«, fragte Sophia.

»Ich habe schon Ausschau nach dir gehalten. Irgendwo hier im Konzertsaal?«

»Nein, in Daniel Kellers Bett.«

Das Schweigen Leas am anderen Ende war monumental.

»Bist du sicher, das war eine gute Idee?«, fragte Lea nach einer Weile. Es klang schlimmer verärgert, als Sophia erwartet hatte.

»Warum hätte ich es sonst getan?«

»Willst du wissen, was ich davon halte?«

»Ich vermute, du wirst es mir gleich sagen.«

»Ja, werde ich. Unprofessionell. Total unprofessionell. Was, denkst du, wird das beim Orchester auslösen. Und erst bei diesem Musikdirektor. Es war ein gutes Stück Arbeit, ihn davon zu überzeugen, dass du die Richtige für diesen Auftrag bist.«

»Ist das deine Version von ›was sollen denn die Leute denken‹?«

Sophia hatte mit freundschaftlichem Tadel gerechnet, aber nicht mit echter Verärgerung. Das Gespräch ging eher frostig zu Ende. Sophia war das in diesem Moment egal. Leas Reaktion mochte verständlich sein, aber nur, weil sie keine Ahnung hatte, was geschehen war. Noch war alles unsicher, aber es gab keine Ernüchterung, nichts fühlte sich verkehrt an. Sie war verliebt in jemand vollkommen Fremden. Und er?

Als Daniel von den Proben zurückkam, gingen sie sofort wieder miteinander ins Bett, und dann begann der Ausnahmezustand. Daniel hatte die nächsten paar Tage frei. Sie verließen das Haus nur zum Essen oder für den ein oder anderen langen Spaziergang, dann kehrten sie gleich wieder zurück. Sie erzählten sich gegenseitig ihr Leben, Daniel beschrieb Sophia, wie er als kleiner Junge von seinen Eltern zum Cellospiel gebracht wurde. Sophia berichtete über ihre Schreibanfänge in der Schülerzeitung. Sie erzählten über ihre Beziehungen zu ihren Eltern, zu Exfreundinnen und -freunden, Daniel war schon einmal verheiratet, Sophia nicht, Daniel fiel es immer noch schwer, über die Trennung und die Scheidung zu reden, Sophia ermunterte ihn. Dass die Ehe mit Nicole gescheitert war, hatte er inzwischen verkraftet. Sie waren seit dreieinhalb Jahren getrennt, die Scheidung war im vergangenen Jahr über die Bühne gegangen, aber da war

Marie, die elfjährige Tochter, die auch Nicole und ihn immer noch aneinanderband. Je weniger Nicole und er miteinander zu tun haben wollten, je größer ihre Abneigung gegeneinander wurde, desto schwieriger gestaltete sich Daniels Umgang mit Marie.

»Du hast hier gar kein Kinderzimmer eingerichtet«, stellte Sophia fest.

»Nein. Ich bin zu viel auf Reisen, um das so regelmäßig hinzubekommen, wie sich die Behörden und Nicole das vorstellen.«

»Wollen wir was mit Marie machen?«

»Du meinst, wir zu dritt?«

»Warum nicht?«

»Ich glaube, Nicole wäre davon überhaupt nicht begeistert.«

»Warum denn nicht? Ich bin einfach eine Kollegin. Und wir machen uns zu dritt einen schönen Tag.«

»Frau Kollegin«, sagte Daniel und küsste sie.

Am Nachmittag des ersten Tages, den sie gemeinsam verbrachten, holte Sophia ihre Sachen aus dem Hotelzimmer, das sie nur für eine Nacht gebucht hatte.

Niemand fasste nach einer gemeinsam verbrachten Nacht den Entschluss zusammenzuziehen. Das entwickelte sich so nach und nach. Daniel forschte nicht allzu sehr nach, ob sie in Berlin etwas zu tun habe, als könne er so sicherstellen, dass sie bei ihm blieb. In Berlin wartete tatsächlich nichts auf sie, außer einer genervten Mitbewohnerin, von der sie ein paar Tage später eine SMS bekam:

»Kommst du noch mal wieder? Miete ist fällig.«

Sophia erzählte Daniel, dass sie ihrer Mitbewohnerin die Miete aus irgendwelchen Gründen bar bezahlen musste. Außerdem war ihr Verhältnis zueinander nicht das Beste, beide wären über Sophias Auszug froh gewesen. Es war ihr peinlich. Daniel interessierte sich nicht für die Details.

»Gib ihr die Chance. Lagere deine Sachen ein und zieh bei mir ein. Du hast sowieso hier zu tun«, sagte er.

Sie hätte es nicht zu hoffen gewagt, aber das war genau das, was sie hören wollte. Dass sie hier gebraucht wurde, dass eine wichtige journalistische Arbeit auf sie wartete, die es rechtfertigte, die Stadt zu wechseln. Durch diesen Satz befand sie sich endgültig nicht mehr in einer kopflos begonnenen Affäre. Was sie tat, hatte plötzlich Hand und Fuß.

3.

Es verging eine Nacht, bis ihr wieder einfiel, wo sie die Frau auf den Polaroids schon einmal gesehen zu haben glaubte.

Noch am Vorabend hatte Daniel angerufen:

»Wir spielen in einer halben Stunde. Royal Albert Hall. Ganz großes Kino. Aber ich wollte vorher mit dir sprechen. Ich weiß nicht, ob es danach noch klappt. Wie läuft's bei dir?«

Sie freute sich über seinen Anruf, auch wenn es in ihr ziemlich durcheinanderging. Schlechtes Gewissen, weil sie an sein Fotoalbum gegangen war. Schlechtes Gewissen, weil sie mit dem Schreiben nicht weiterkam. Er war zum Flughafen gefahren, um ihn herum eine anspruchsvolle und perfekt funktionierende Logistik. Die Instrumente wurden von einem Spezialunternehmen nach London und danach zu den anderen Spielstätten transportiert. Der Flug ging pünktlich, ein erstklassiges Hotel in Kensington empfing sie. Die Musiker bekamen Zeit und Gelegenheit, sich noch einmal auf ihren Zimmern zu sammeln, bevor sie sich in der Lobby trafen und zum Konzertsaal gefahren wurden. Sie stimmten ihre Instrumente, spielten sich warm, machten sich mit den Örtlichkeiten vertraut. Für Daniel war das alles nichts Neues, es war Routine, aber eine, die ihn erfüllte. Sophia wusste es, sie hatte es mit eigenen Augen gesehen, als sie gemeinsam unterwegs waren. In den ersten zwei Monaten, als sie an den Artikeln für das Jahresprogrammheft schrieb. Konzentrierte Gelassenheit, das war Daniels Regelzustand. Ein Mensch, der seine Bestimmung gefunden und sein Leben darauf eingerichtet hatte.

Dagegen ihre Nervosität, ihr Bemühen, keine Fehler zu machen. Während sie gemeinsam unterwegs waren, behandelte er sie immer mit besonderer Aufmerksamkeit, so als wolle er ihr Luft unter die Flügel fächeln. Sie war ihm dankbar dafür, und zugleich fragte sie sich, was er eigentlich an ihr fand. Aber er schien glücklich mit ihr, so als passe sie perfekt in eine Leerstelle neben ihm, die bis dahin nur ihm aufgefallen war. Vielleicht auch anderen, aber Sophia konnte sie nicht sehen.

»Schreibst du?«, fragte er sie am Telefon.

»Ja, ich bin ein bisschen weitergekommen. Ich habe immer noch Probleme mit dem Aufbau meiner Geschichte, aber ich glaube, ich komme weiter«, antwortete sie, bemüht, zuversichtlich zu klingen.

»Das wird schon«, sagte er. »Ich muss los. Mach dir einen schönen Abend. Morgen ist wieder ein Tag.«

Sie verabschiedeten sich, sagten sich, wie sehr sie sich liebten und vermissten, und dass sie sich freuten, wenn sie sich am kommenden Sonntag wiedersähen.

Als sie auflegte, war sie zugleich erleichtert und bedrückt. Sie hätte ihm sagen sollen, dass sie in seinem Arbeitszimmer war und sich das weiße Fotoalbum angesehen hatte. Es hätte ihn überrascht und enttäuscht, und er hätte zu ihr gesagt, sie könne sich ansehen, was immer sie wolle. Vielleicht. Vielleicht wäre er auch wütend geworden, eine halbe Stunde vor dem Konzert. Das aber, was sie gerne von ihm gewusst hätte, nämlich, wer die Frau auf den Polaroids war, konnte sie ihn ohnehin nicht fragen. Und was sollte er mit der Information anfangen, dass sie glaubte, sie schon einmal irgendwo gesehen zu haben? Es war ein Vertrauensbruch, den sie da begangen hatte. Höchstwahrscheinlich würde er es nie herausfinden, also war das Beste, was sie tun konnte, ihn für sich zu behalten.

Das Telefonat mit Daniel hatte sie traurig gemacht, sie selbst hatte sich traurig gemacht. Sie versuchte, nicht mehr an die Bilder zu denken und das zu machen, was Daniel ihr geraten hatte: einen schönen Abend. Sie trank zwei Gläser Rotwein, versuchte, sich auf die Lektüre eines Romans zu konzentrieren, was ihr nicht gelang, und langweilte sich, nachdem sie es aufgegeben hatte, noch bei einer Serie, bevor sie ins Bett ging.

Es dauerte bis zum nächsten Nachmittag, bis sie, eher einer Ahnung folgend als einer sicheren Überzeugung, beschloss, einen ihrer Streifzüge durch das Viertel zu unternehmen. Sie fremdelte noch immer mit ihrer neuen Umgebung. Bis vor einem halben Jahr und die achtzehn davor hatte sie in Berlin gelebt. Wenn Berlin-Kreuzberg ein gefährlicher Abenteuerspielplatz war, war das Glockenbachviertel das herausgeputzte Anwesen von Leuten, die kein Problem damit hatten, zu zeigen, dass es gut für sie lief.

Angeblich war das nicht immer so gewesen, aber davon war kaum noch etwas zu sehen. Sophia hielt jedes Mal Ausschau, ob sie zwischen all den Barbershops und Latte-Wohlfühlinseln Orte fand, die aus der Zeit davor stammten. Es gab tatsächlich noch einige. Das »Optimal«, zum Beispiel. Ein Laden für Vinylschallplatten, antiquarisch und neu.

Im vorderen Teil befand sich eine Buchabteilung, die nur aus einem großen Tisch und zwei Regalen bestand. Keine große Auswahl, aber eine sehr geschmackvolle. Viel über Popmusik, einiges über E-Musik, Lyrik, Noir-Krimis, experimentelle Literatur, sorgfältig aufgemachte Publikationen aus kleinen Verlagen, Werke von Schriftstellern, die hier schon gelesen hatten. Das Ganze wirkte eher wie eine für Kunden zugängliche Privatbibliothek.

Wäre noch ein Café dabei gewesen, hätte das Ganze auch eine Hipster-Idee sein können, aber der Laden wirkte auf sie, als wäre er alteingesessen. Sie hätte nicht genau sagen können, wieso. Seit sie aber vor einigen Wochen mit dem Inhaber ins Gespräch gekommen war, wusste sie Bescheid.

»Wie lange gibt es euch denn schon?«, fragte sie ihn.

»Schon immer«, antwortete er, als sei das eine Feststellung und keine Übertreibung. Er duzte sie von Anfang an, wie sie das aus Berlin gewohnt war, also duzte sie ihn zurück, obwohl er viel älter war als sie, bestimmt über fünfzig, mit weißgrauen Haaren und einem weißgrauen Bart. Er hieß Christos und war Grieche, darauf wies er gleich zu Beginn stolz hin. Sie hatte im Lauf ihrer Besuche nicht gerade Freundschaft mit ihm geschlossen, aber sie fand ihn witzig, weil er die Gabe hatte, so über Bücher zu sprechen, dass man nicht anders konnte, als sie sofort lesen zu wollen. Und während sie redeten, drückte er ihr eine Empfehlung in die Hand, und einige Zeit später, während sie weiterredeten und er von einem Thema zum nächsten kam, legte er eine weitere darauf, und am Ende so eines Gesprächs trug sie einen Stapel von fünf oder sechs Büchern zur Kasse, und er grinste wie ein Hütchenspieler, dem wieder einmal sein Trick gelungen war.

Sophia machte das Spiel gerne mit, weil Christos einen originellen Geschmack hatte, und so wie er über die Sachen, die ihn interessierten, sprach, interessierten sie Sophia auch.

Aber heute hatte Sophia keine Lust, sich etwas empfehlen zu lassen. Es lagen schon so viele ungelesene Bücher in der Wohnung herum. Nicht, dass sie das Interesse verloren hätte. Doch immer, wenn sie anfing, sich mit einem davon zu beschäftigen, erinnerte sie sich daran, dass sie doch eigentlich schreiben wollte.

»Hi!«, rief ihr Christos hinter dem Verkaufstresen stehend zu, als sie eintrat.

Sie nickte ihm knapp zu. Er setzte schon zum Sprung an, gab seinen Entschluss aber wieder auf, als er sah, dass sie den Kopf gleich wieder senkte und sich dem Büchertisch zuwandte. Er ließ seine Kunden in Ruhe, wenn sie signalisierten, dass sie für sich bleiben wollten.

Sophia sah sich eher ratlos um. Warum war sie hergekommen, wenn sie gar nichts kaufen wollte? Daniel sagte, die Plattenabteilung sei fast immer für eine Überraschung gut, aber sie zog es zu den Büchern. Wie gerne hätte sie sich einfach hingesetzt und stundenlang in einem Roman gelesen. Früher war ihr das gelungen, aber »das Projekt« machte es nun unmöglich. Daniel hätte sicher nichts dagegen gehabt. Sie konnte sich gut vorstellen, was er dazu sagen würde: »Eine Schriftstellerin muss lesen, sonst kann sie nicht schreiben. Wenn du das nächste halbe Jahr Romane lesen musst, um weiterzukommen, dann ist es so. Du bist ja keine Büroangestellte.« Er konnte nicht wissen, wie seine großzügigen Aufmunterungen ihre Angst nährten. Woher sollte sie die Ruhe für Lektüre nehmen, wenn ihre ganze Existenz ein ungedeckter Wechsel auf die Zukunft war? Auch darauf hatte Daniel eine Antwort: »Und wenn du mit diesem Projekt nicht weiterkommst, suchst du dir ein neues. Herauszufinden, was man wirklich machen will, ist manchmal viel schwieriger als die Sache selbst.«

Ja, vor seiner Generosität gab es kein Entrinnen.

Ein »Reiseführer für Eingeborene« weckte ihre Aufmerksamkeit. Schließlich hatte sie sich vorgenommen, ihre neue Wohngegend zu erkunden. Im Untertitel versprach er »Vergessene Geschichten aus dem

Glockenbachviertel«. Das interessierte sie immerhin genug, um das Buch in die Hand zu nehmen. Sie blätterte eher gleichgültig darin herum. Sie wollte es gerade zuklappen und zurück auf den Stapel legen, als ihr Blick an einem Foto hängen blieb. Sie hatte dieses Buch schon einmal in der Hand gehabt. In ihrer Anfangszeit hatte sie nach etwas spezielleren Stadtführern gesucht, sich dann aber gegen diesen entschieden. Hier war das Bild, an das sie die Polaroids erinnert hatten: eine Schwarz-Weiß-Aufnahme, ein Porträt. Ein schmales, schönes Gesicht, Lippen und Augenbrauen dunkel, die Haut unnatürlich weiß. Die kurzen schwarzen Haare glänzend und zurückgekämmt. Der Blick sehnsuchtsvoll über den Betrachter hinweg in die Ferne gerichtet. Der Hals nur sichtbar bis zu einem schwarzen Rollkragen. »Die Schlange beim Tanze – das schöne und schreckliche Leben der Nadja Perlmann«, das war die Artikelüberschrift. Den Artikel hatte sie damals nicht gelesen.

Es wäre besser, du legst es einfach wieder hin, dachte Sophia. Du tust einfach so, als hättest du es nicht gesehen. Es mag die sein, für die du sie hältst, oder auch nicht. Das Bild stellt einen Typus dar. So zurechtgemacht, würde ihr fast jede junge Frau zum Verwechseln ähnlich sehen. Nein, das war sie nicht. Und selbst wenn? Es wäre klug gewesen, es zu ignorieren. Vernünftig. Sie behielt das Buch in der Hand und ging, mit weichen Knien, zur Kasse.

»Alles in Ordnung?«, fragte Christos, als sie bezahlte.

»Alles in Ordnung«, antwortete sie, und verabschiedete sich kaum, als sie den Laden verließ.

Aus: »Reiseführer für Eingeborene«
»Die Schlange beim Tanze – das schöne und schreckliche Leben der Nadja Perlmann«
Ende der Neunzehnhundertachtziger Jahre war die Wohnungssituation in der Isarvorstadt angespannt. Heute ist das Glockenbachviertel einer der teuersten Immobilienstandorte Europas. Damals sah es anders aus. Viele Wohnhäuser waren miserabel ausgestattet. In der Ickstattstraße, der Hans-Sachs-Straße und der Jahnstraße waren ganze Häuser besetzt. Animierlokale, Schwulenkneipen und ein ausuferndes Nachtleben verschafften der Gegend über München hinaus einen eher zwiespältigen Ruf als Szene- und Künstlerviertel. Freddie Mercury lebte mehrere Jahre hier und schmiss legendäre Partys. Aber auch viele Unbekannte zog es hierher.
So auch Nadja Perlmann, die dem Tiefschlaf ihres süddeutschen Heimatstädtchens entkommen wollte. In Nachtclubs und Kneipen trat sie mit Chansons auf. Ihr Programm »Die Schlange beim Tanze« erlangte sogar eine gewisse lokale Bekanntheit. Der Titel stammte von Charles Baudelaire, dem Dichter der *Blumen des Bösen*. Leben konnte sie von ihren Auftritten freilich nicht, und deshalb arbeitete sie in einem Nachtclub in der Schillerstraße als Nackttänzerin.

Traurige Berühmtheit erlangte Nadja Perlmann jedoch auf andere Weise. Sie wohnte bei ihrem Freund unter dem Dachboden eines der besetzten Häuser in der Hans-Sachs-Straße. Dieser Freund war im ganzen Viertel bekannt, er dealte mit Marihuana und wurde öfter mit einer zahmen Krähe auf seiner Schulter gesehen. Oft verteilte er Flugblätter, auf denen er seine religiösen Ideen verbreitete oder zur Revolution aufrief. Er schien ziemlich verrückt, aber auch harmlos. Er hieß Stephan Gundlach.

Im Sommer 1989 verschwand Nadja Perlmann spurlos. Sie schien nicht viele Freunde zu haben, die um sie besorgt waren, denn niemand meldete sie als vermisst oder gab eine Suchanzeige auf.

Niemand dachte deshalb auch zunächst an sie, als an einem heißen Augusttag jemand beim Öffnen eines Schließfachs am Hauptbahnhof einen abgetrennten Frauenkopf fand. Die Polizei stand vor einem Rätsel. Sie konnte weder die Identität der Frau ermitteln, noch besaß sie irgendeinen Hinweis auf den Täter. In den Wochen darauf wurden noch weitere Teile einer weiblichen Leiche an anderen Orten gefunden. Jeden Tag machten die Boulevardzeitungen mit neuen Horrorgeschichten über die »enthauptete Unbekannte« auf.

Möglicherweise wäre nie herausgekommen, wer sie war, wäre nicht Stephan Gundlach an einem Vormittag Ende September im Polizeipräsidium in der Ettstraße erschienen. Die wachhabenden Beamten

wollten den Mann mit den verfilzten Haaren und
der Krähe auf der Schulter wegschicken, aber er
bestand darauf, eine Aussage zu machen. Man tat
ihm schließlich den Gefallen. Umso größer war das
Entsetzen, als er detailgenau berichtete, wie er die
Leiche Nadja Perlmanns zerstückelt und in der ganzen Stadt verteilt hatte. Stephan Gundlach wurde
wegen Mordes an Nadja Perlmann verurteilt und
befindet sich noch heute in Sicherheitsverwahrung
in einer psychiatrischen Anstalt.
Um das Motiv, das er für seine Tat gehabt haben
könnte, ranken sich die schauerlichsten Speku-
lationen. Sie reichen von Habgier und Eifersucht
bis hin zu Drogenwahn, Sadomasochismus und
Satanismus.
Von Nadja Perlmanns Liedern gibt es leider keine
bekannten Tonaufnahmen. Nur wenige Fotogra-
fien von ihr sind an die Öffentlichkeit gelangt.
Unsere Abbildung zeigt sie auf der Bühne in der
Gaststätte *Kolosseum* während ihres Programms
»Die Schlange beim Tanze«, vermutlich 1988 oder
1989.

Während des Lesens wich alle Kraft aus Sophias Kör-
per. Auf ihrem Schoß lag das aufgeschlagene Buch,
und als sie am Ende des Artikels angekommen war,
blickte sie weiter darauf, als würde sie auf eine Fortsetzung hoffen, eine Erklärung, was das Gelesene für sie
bedeutete. *Der nächste logische Schritt*, dachte sie, *der
nächste logische Schritt*, so als müsse sie diese vier Worte

nur oft genug stumm wiederholen, um zu erfahren, was der nächste logische Schritt wäre. Wahrscheinlich wäre es der, mit dem Buch hinüber in Daniels Arbeitszimmer zu gehen, das weiße Fotoalbum aus dem Regal zu nehmen und die Fotos zu vergleichen.

Sie hatte genug Redaktionserfahrung, um zu wissen, dass es keineswegs immer einfach war, Menschen auf verschiedenen Abbildungen zweifelsfrei zu identifizieren. Andere Frisuren, andere Kleidung, anderes Licht, andere Stimmung, es gab viele Faktoren, die es erschweren oder sogar unmöglich machen konnten, einen Bekannten auf einem Foto sicher wiederzuerkennen. Wie erst, wenn man die Person, um die es ging, nicht kannte, nie lebendig gesehen hatte, und, wie Sophia bitter feststellte, auch nie lebendig sehen würde. Dennoch wäre es genau dies, was sie nun tun müsste, die Fotos vergleichen. Herausfinden, ob die Frau auf den Polaroids in Daniels weißem Album Nadja Perlmann war.

Weißes Album, weißes Album, wiederholte sie in Gedanken.

Was für ein Quatsch! Sie klappte mit Wucht das Buch mit flachen Händen zu, sprang auf und feuerte es auf das Sofa, nicht, weil sie wirklich einen Energieschub verspürte, sondern weil sie etwas in dieser Art verspüren wollte. Eine plötzliche Veränderung der Ereignisse, die eine neue Perspektive auf das Geschehene erlaubte. Sie ging ins Badezimmer, um sich die Hände zu waschen. Sie litt nicht an Waschzwang oder so etwas, aber jetzt hatte sie rätselhafterweise genau dieses Bedürfnis, so wie es diejenigen, die an dieser Krankheit litten, vermutlich unzählige Male am Tag hatten.

Als sie die Seife von ihren Händen spülte, das Wasser abdrehte und sich die Hände abtrocknete, betrachtete sie sich kurz im Spiegel. Wie jemand, dem man unverhofft begegnete, obwohl man ihm eigentlich aus dem Weg gehen wollte.

»Du spinnst«, sagte sie halblaut vor sich hin.

Das war die Kurzversion dessen, was sie über sich dachte. Die etwas ausführlichere Version war: Sie hatte vorgehabt, sich an diesem Morgen an den Schreibtisch zu setzen (der nicht ihrer war), um an ihrem »Projekt« zu arbeiten (ihrem »Roman«, wie Daniel es nannte). Um zu schreiben. Aber es ging nicht.

Sie wusste nicht, wie sie das, was sie erzählen wollte (oder sollte), in den Griff bekommen konnte. Also war sie spazieren gegangen, hatte eingekauft und war im *Optimal* gelandet. Das war nicht überraschend oder zufällig geschehen, sie ging öfter dorthin, um sich Bücher anzusehen, so als könnte sie das ihrem Ziel, selbst eines zu schreiben, näherbringen. Sie hatte einen Stadtführer aufgeschlagen, dessen Autor es sich zum Ziel gesetzt hatte, originell zu sein, und war auf ein Foto von einer Frau gestoßen, die sie schon einmal gesehen zu haben glaubte.

Warum glaubte sie das? Eine Erklärung wäre gewesen: Weil es dieselbe Frau war. Eine andere: Sophia wollte das glauben, weil es eine spannende Abwechslung bot. Eine Möglichkeit, sich mit einer vermeintlich oder tatsächlich ungeheuerlichen Entdeckung zu beschäftigen, anstatt mit dem, was sie sich vorgenommen hatte.

Auch, wenn das auf Daniels alten Polaroids und das auf der Abbildung in dem Reiseführer dieselbe Frau sein sollte – was bewies das, was bedeutete es? Im schlimmsten Fall: Daniel war vor dreißig Jahren mit einer Frau befreundet gewesen, die später einem entsetzlichen Verbrechen zum Opfer gefallen war. Sicher, das wäre eine schreckliche Tatsache, wenn es denn eine wäre.

Es gäbe eine einfache Möglichkeit, das herauszufinden. Sie musste nur einfach den *Reiseführer für Eingeborene* wie zufällig, aber gut sichtbar in der Wohnung herumliegen lassen, oder ihn vielleicht neben Daniel im Bett lesen. Sie konnte ihm sogar vorspielen, auf die Geschichte von Nadja Perlmann zu stoßen, sie ihm vorlesen. Furchterregend genug war sie ja. Dabei konnte sie so tun, als hege sie keinerlei Verdacht, vermute sie keinerlei Verbindung zu ihm. Wie falsch und verlogen wäre das?

Zwei mögliche Reaktionen von ihm stellte sie sich vor. Die eine: Er würde sagen, er habe von der Geschichte gehört, traurig, schrecklich, und weiter nichts. Die andere: Er würde sagen, er habe Nadja Perlmann gekannt. Er sei mit ihr befreundet, einmal zusammen gewesen, was auch immer. Sie würde mit gespieltem Erstaunen nachfragen, und er würde ihr irgendetwas erzählen.

Eine Tatsache aber würde ungesagt bleiben, nämlich, dass sie die Polaroids von ihm und ihr gesehen hatte. Sie konnte es ihm beichten, und ihre Beziehung würde zum ersten Mal ernsten Schaden nehmen. Wenn sie, ohne zu fragen, an seine Fotoalben ging, stöberte sie vielleicht auch sonst in der Wohnung herum. Die Tagebücher standen gleich daneben, sicher hatte sie auch darin gelesen. Er hätte jedenfalls Grund genug, es anzunehmen.

Die Einzige, die hier einen Verrat begangen hatte, war sie. »Verrat« war ein großes Wort für die Kleinigkeit, die es bedeutete, in einem fremden Fotoalbum geblättert zu haben. Es war eine Dummheit, ein Ausrutscher, den niemand bemerkt hatte. Die ganze Geschichte war nichts weiter als ein raffiniert erdachtes Ablenkungsmanöver, mit dem sie sich selbst von dem weglockte, was sie sich eigentlich vorgenommen hatte. Niemand außer ihr selbst wusste davon. Wer wollte behaupten, zum Vergessen wäre es jetzt zu spät? Sie hatte die Wahl. Sie konnte die Sache auf sich beruhen lassen, den Reiseführer ins *Optimal* zurückbringen. Christos würde sich die Gelegenheit nicht entgehen lassen, ihr stattdessen zwei, drei andere Bücher ans Herz zu legen, sie würde sich gerne darauf einlassen.

Genau das würde sie tun. Das Buch zurückbringen. Alles, was damit zusammenhing, waren nur Versuche, ihrem Projekt zu entkommen. Sie war erleichtert. Beinahe wäre sie bereit gewesen, ihr neues Leben einem Hirngespinst zu opfern. Sie musste ihr Projekt vorantreiben. Sie hatte eine geniale Chance, etwas völlig

Neues aus ihrem Leben zu machen, und die sollte sie nun mit so einem Schwachsinn vermasseln? Wie oft war sie in den vergangenen sechs Monaten von Daniels rückhaltloser Großzügigkeit überwältigt gewesen. Vom ersten Moment an war da eine schwer zu erklärende Gemeinsamkeit zwischen ihnen entstanden. Das war etwas Kostbares, das sie nur zerstören konnte, wenn sie in seinen Sachen herumschnüffelte und das dann zu rechtfertigen suchte, indem sie sich vormachte, sie hätte eine »ungeheuerliche Entdeckung« gemacht. Es war an der Zeit, sich endlich an die Arbeit zu machen, und genau das tat sie jetzt. Sie setzte sich an den Sekretär, klappte ihren Laptop auf und öffnete die Textdatei, mit der sie sich Tag für Tag abmühte.

4.

Jahrelang war es Sophia zur Gewohnheit geworden, sich selbst Luft unter die Flügel zu fächeln. Wenn man das so nennen konnte. Während die Aufträge immer ein bisschen weniger wurden, immer ein bisschen schlechter bezahlt, hatte sie sich eingeredet, das sei nur eine Pechsträhne, obwohl sie es besser wusste. Klar, der Journalismus war im Umbruch, die Welt im Allgemeinen, das Internet veränderte alles, blablabla. Aber da war noch etwas anderes, das sie selbst betraf. Sie wäre nicht so weit gegangen, von einem Fluch oder etwas Derartigem zu sprechen. Das wäre ein viel zu starker Ausdruck dafür gewesen. Es musste mit ihrer Art zu tun haben, mit ihrem Wesen. Keines ihrer Anstellungsverhältnisse hatte länger als drei Jahre gedauert. Die ersten hatte sie gekündigt, später waren es dann ihre Arbeitgeber. Das ging so lange, bis sie sich entschloss, frei zu arbeiten, was im Großen und Ganzen auch gut klappte. Aber das war es nicht, was sie meinte. Irgendwie schien sie Erwartungen zu wecken, die sie früher oder später enttäuschte. Nicht so eindeutig und offensichtlich, dass jeder sofort den Irrtum bemerkte. Eher so, dass genau das, was andere an ihr zunächst faszinierte, sie zumindest für sie einnahm, irgendwann zu dem wurde, was deren Überdruss verursachte. Die Menschen, mit denen sie zu tun hatte, glaubten, in ihr mehr zu sehen, als sie war. Mehr, oder etwas Besseres, Begabteres, Fähigeres, Talentierteres, was auch immer. Vielleicht lag es tatsächlich an ihrem Aussehen, obwohl sie das eigentlich nicht glaubte. Sie war hübsch: groß, schlank, blond, volle Lippen, lange Haare, gerne hochgesteckt, manchmal offen. Selbstverständlich erfüllte ihr der Musikdirektor jeden Wunsch. Nein, bei Sophia lagen die Dinge weniger offensichtlich. Aber sie hatte durchaus das Gefühl, gut anzukommen. Es dauerte nie lange, bis man sie für besonders selbstbewusst und unerschrocken hielt. Wenn sie diese Rolle erfüllte, zollte man ihr bereitwillig Applaus. Wenn es ihr aber nicht gelang, nahm man es ihr mehr übel als anderen.

Schon seit Langem glaubte sie deshalb, sie hätte nichts Besseres zu erwarten als die Fortsetzung ihres allmählichen Absinkens. An dem Abend mit Daniel im *Schumann's* zum Beispiel war sie sich ganz sicher, dass die beiden Feuilletonredakteure sie wie eine Gescheiterte betrachteten, eine verblasste Hoffnung, ein Branchensternchen von gestern.

Sie hatte zu Daniel eine Bemerkung darüber gemacht, die er gänzlich abwegig fand.

»Sie kennen dich doch kaum. Warum sollten sie so über dich denken?«

»Weil alle so denken.«

»Das glaube ich nicht. Vielleicht beneiden sie dich, weil sie zwanzig Jahre älter sind als du. Und vielleicht trösten sie sich dafür sogar ein wenig mit ihrer Festanstellung. Das sollte dich keine Sekunde lang quälen«, sagte der große Künstler, der unter anderem auch ein Mann mit einer Festanstellung war.

Seitdem sie ein Paar waren, hatten sich die Dinge in ihr Gegenteil verkehrt. Von einem Tag auf den anderen durfte sich Sophia als Teil eines weltbekannten Orchesters fühlen. Aber sie kam sich eher vor wie ein blinder Passagier, der sich auf Deck wagte und jederzeit damit rechnen musste, aufzufliegen. Doch sie flog nicht auf. Nach und nach schloss sie Bekanntschaften. Musikdirektor Pfingst, der, soweit sie es verstand, vor allem administrative Aufgaben erfüllte, pflegte ein operettenhaftes Auftreten. Samtjacketts und Einstecktücher, aber auch seine gebärdenreichen Ausführungen, wo immer er ging und stand, zogen Aufmerksamkeit auf sich. Die meisten Musiker hingegen liefen, wenn sie nicht gerade auftraten, in gewöhnlicher Freizeitkleidung herum und verhielten sich ganz normal. Sophia konnte ohne Weiteres als eine von ihnen durchgehen. In Hotellobbys, Konzertsälen, vor und hinter der Bühne fiel sie bald nicht mehr auf und ging einfach ihrer Arbeit nach, wie alle anderen auch. Das Problem war nur, dass sie nicht wusste, worin ihre Arbeit eigentlich bestand. Die Grundlage dafür, die sie Daniel in ihrem ersten Gespräch so hochtrabend beschrieben hatte – »ich werde mich dem Orchester nähern wie einem fremden Stamm« –, stellte sich als ziemlich dürftig heraus. In ihr wuchs ein beißender Spott sowohl für das, was sie tat, wie auch für das Orchester. Am meisten machte sie sich insgeheim über das Publikum lustig.

Das erste Konzert, bei dem sie von den Proben bis zur Aufführung dabei war, war ein Richard-Strauss-Abend. Wenige Walzertakte in einer Symphonie genügten, und schon verwandelte sich der Konzertsaal in ein Meer wegen der weißen Schöpfe. Irgendwann einmal schien man gedacht zu haben, E-Musik sei etwas für alte Leute und, wenn die einmal weggestorben seien, kämen keine mehr nach. Aber das stimmte ganz offensichtlich nicht. Der Musikdirektor berichtete oft und stolz von wachsenden Publikumszahlen, von einer »Renaissance der Klassik« und Ähnlichem. Anscheinend wurden die Menschen ab einem gewissen Alter für diese Art von Musik besonders empfänglich. Die Frauen holten ihre Abendkleider aus dem Schrank, die Männer ihre dunklen Anzüge, und sie repräsentierten plötzlich ein Bürgertum, von dem zumindest Sophia dachte, es sei schon vor Jahrzehnten aus dem öffentlichen Leben verschwunden.

Bei den Konzerten beobachtete sie ausgiebig die Zuhörer und war dabei vor allem für Physiognomien empfänglich, die ihr typisch erschienen und ihr woanders kaum begegneten. Das spitzmündige Kennerlächeln, eine Körpertechnik des Mitgehens mit der Musik, so als reize sie auf sehr komplexe Art bestimmte Muskelgruppen in Oberkörper und Nacken zu einem unmerklichen Schaukeln, Zusammensinken und Wiederaufrichten, manchmal aber auch zu einem heftigen Rucken und Zucken, zu buchstäblicher Ergriffenheit. Ihr war selbstverständlich bewusst, dies waren Beobachtungen einer Banausin, die sich über etwas lustig machte, wovon sie nicht das Geringste verstand.

Ähnlich ging es ihr mit den Musikern. Sie empfand Bewunderung, wenn sie sie als gewöhnliche Menschen sah, die vor und nach den Proben und Konzerten ein Leben hatten, das sich von dem normaler Leute nicht sehr unterschied. Wenn sie aber in ihrer festlichen Kleidung auf der Bühne saßen, mit Fliegen und Lackschuhen, blieben sie ihr fremd. Ihre berufsmäßig ausgeübte Dauerfestlichkeit erschien ihr streberhaft und unsympathisch. Sophia musste an ihre Schulzeit denken. Wer spielte im Schulorchester? Wer sang im Chor? Wer trat beim Konzert zum Jahresabschluss auf die Bühne? Die leuchtenden Beispiele. Die Mitschülerin, die vorhin noch ganz normal ausgesehen hatte, war plötzlich verwandelt in eine Violinelevin aus dem neunzehnten Jahrhundert. Der coole Junge aus der Parallelklasse saß plötzlich mit einem süßlichen Gesichtsausdruck am Flügel. Zweifellos dachte er, ein von seinem eigenen Spiel ergriffener Pianist müsse so aussehen. Die Eltern- und Lehrerschar im Publikum war entzückt von dem Dressurakt. Es war ein Affentheater, das da mit ihnen veranstaltet wurde, und alle, die nicht auf der Bühne standen, sollten sich ein Beispiel nehmen: So sollt ihr sein! Genau dagegen hatte sich Sophia als Rebellion in ihren letzten Schuljahren gerichtet. In einer Kleinstadt aufwachsen und dort kleben bleiben, Geige spielen, vielleicht einen Arzt heiraten oder etwas Ähnliches, Kinder bekommen, alles so wiederholen, wie es die Eltern gemacht haben. Die lieben Eltern, denen gar nichts vorzuwerfen war, die nur das Beste, und so fort. Sophia begann zu schreiben. Wütende und, das vor allem, beißend sarkastische Artikel, was es bedeutete, ein »Kleinstadtmädchen« zu sein. Schlau, direkt, treffend. Sie standen in der Schülerzeitung und erstaunlich bald auch im Feuilleton einer großen deutschen Tageszeitung.

Einige Jahre lang hatte sie tagtäglich das Feuilleton dieser Zeitung, die ihre Eltern abonniert hatten, mit fieberhafter Akribie studiert, nach und nach die Namen der Artikelschreiber kennengelernt und verstanden, dass sie eben nicht nur Artikelschreiber, sondern höchst unterschiedliche, eigenwillige Autoren waren, die in einer Art geistigem Geflecht lebten, das aus einer schwer zu übersehenden Vielzahl von Namen, Texten und Büchern bestand. Sophia eignete sich viele davon in abenteuerlicher Geschwindigkeit an, und schon bald verstand sie die Querverweise, Spitzen, Nebenbemerkungen, aber selbstverständlich auch die großen Debatten, die geführt wurden, so gut, dass sie fähig war, sie während und nach ihrer Lektüre in einem ähnlichen Ton fortzuspinnen. An dem Schreibtisch, an dem sie seit der Grundschule ihre Hausaufgaben fast immer vollständig und gewissenhaft erledigt hatte, verfasste sie wenige Tage nach der Abiturfeier einen Text mit dem Titel »Was jung sein heißt (Frau)«. Es gelang ihr ein hinreißend ironischer und pointierter Aufsatz zu allem, was zu jener Zeit zu diesem Thema verhandelt wurde. Sie tippte den Artikel an ihrem PC und schrieb »Sophia Winter, 18 Jahre« darunter. Beinahe hätte sie noch ihre Jahrgangsstufe dazugeschrieben, doch das war nicht mehr nötig. Obwohl sie jung war, war sie nun eine erwachsene Frau und konnte tun und lassen, was immer sie wollte. Zum Beispiel diesen Artikel an die Feuilletonredaktion der Zeitung schicken, einfach so. Sophia hatte keine genaue Vorstellung, was damit geschehen sollte. Wollte sie, dass er veröffentlicht wird? Natürlich wollte sie das. Hielt sie es für wahrscheinlich? Nein. Eigentlich wollte sie nur irgendeine Reaktion, sie war sicher, dass es eine gäbe, und sie war neugierig, wie sie ausfiele.

Mit einer Unbekümmertheit, um die sie ihr früheres Ich beneidete, sandte sie Artikel an einen Redakteur dort. Es verwunderte sie nicht einmal, dass er ihr prompt antwortete. Ein Jahr vor der Jahrtausendwende, gleich nach dem Abitur, brach Sophia Winter aus der Provinz nach Berlin auf, um eine Praktikantenstelle anzutreten, die sie sensationellerweise angeboten bekommen hatte.

Sophias Eltern traf diese Entwicklung vollkommen unvorbereitet, und sie hörten nie auf, sie für einen Fehler, für ein Abweichen vom rechten Weg zu halten. Sophia war das nur zu bewusst, weshalb sie bis in die Gegenwart jeden Rückschlag als Bestätigung dieser Sichtweise verstand.

Das letzte Konzert, bei dem sie mitgereist war, hatte in Paris stattgefunden. Sie war lange nicht mehr dort gewesen, zuletzt als Neunzehnjährige, um für die Zeitung über eine Ausstellung im Centre Pompidou zu schreiben. Mit ihrem hübschen damaligen Freund wohnte sie in einem Hotelzimmer in der Rue Cujas und dachte stolz, es sei einfach, seine Träume zu verwirklichen.

Zwanzig Jahre später saß sie wieder in einem Hotelzimmer in Paris, diesmal mit Daniel, der am Abend seinen Auftritt mit dem Orchester haben würde. Sie saßen nebeneinander auf dem Bett, sie schrieb an ihrem Laptop, er in sein Tagebuch.

Auch wenn er das Zimmer verließ, ließ er es herumliegen. Ehrlicherweise hätte sie es schon damals reizvoll gefunden, darin zu lesen. Sicher wäre es eine gute Quelle für den Artikel gewesen. Aber sie tat es natürlich nicht.

Am Abend spielte das Orchester *Le Sacre de Printemps* im Théâtre des Champs-Élysées, am gleichen Ort also, wo es vor etwas mehr als hundert Jahren uraufgeführt worden war und für einen enormen Skandal gesorgt hatte. Sie las darüber und staunte über die Wut der Kritiker von damals, die ihr vor allem zu beweisen schien, wie ernst die Menschen diese Musik genommen hatten. Das heutige Pariser Publikum hingegen war um einiges abgeklärter. Hustend, in Programmheften wühlend und mit dem Daumen über Smartphones wischend, wohnten sie der Aufführung bei. Schräg vor ihr saß ein Paar, das es ihr besonders angetan hatte. Keine Ahnung, warum sie hier waren, die Musik konnte sie jedenfalls nicht aus der Reserve locken.

Sophia stellte sich vor, dieser Mann sei ein Musikkritiker, unendlich versiert. Gegen die Macht seiner Worte kam auch der größte Zauber der Musik nicht an. Wie sollte sie aus all dem, was sie in den vergangenen Wochen gesehen hatte, einen auch nur halbwegs begeisternden Artikel machen?

Am Abend gab es ein Abschlussessen der kleinen Tournee im *Le Relais de L'Entrecôte*. Das ganze Orchester war eingeladen, die Atmosphäre war eher zünftig als festlich, eben wie nach getaner Arbeit. Es gab keine Sitzordnung, jeder nahm sich einen Platz, wo er ihn fand. Daniel und Sophia saßen gar nicht nebeneinander, aber Musikdirektor Pfingst suchte ihre Nähe, er war in Hochform. Er trug einen groß karierten Anzug und eine samtene Fliege. Er stellte ihr in Aussicht, es werde, zurück in München, eine glanzvolle Präsentation des Programmheftes für die kommende Saison im Herkulessaal geben, bei der ihr Beitrag im Mittelpunkt stehe.

Das freute sie sehr. Während sie mit ihm sprach, beobachtete sie die greise Chefin des Lokals, die in einem schlichten, aber eleganten schwarzen Kleid die Kellner dirigierte. Ihrer ganzen Erscheinung nach war sie eine Frau, die trotz ihres Alters mit unvorstellbarer Disziplin und Härte gegen sich selbst ihre Rolle spielte. Eine Frau, die sich die Herrschaft über ihr Leben durch nichts nehmen ließ, nicht durch Krankheit, Gebrechen, auch nicht durch den Tod. Sie wusste, wer sie war, und was sie zu tun hatte, und ließ keinen Zweifel daran. Vor allem nicht sich selbst gegenüber. Sophia beneidete sie. Nicht um ihre Arbeit, sondern um ihren Blick auf sich selbst.

Nach ihrer Rückkehr aus Paris war sie nach Berlin geflogen, um ihre Wohnung aufzulösen. Die Möbel überließ sie ihrer Nachmieterin, den Rest lagerte sie in einem Storage Room ein. Sie war erstaunt, wie viele es davon gab. So, als entschlössen sich immer mehr Menschen, ihr ganzes bisheriges Leben auf ein paar Quadratmetern in Kisten zu verstauen, um sich auf irgendeinen Weg zu machen. Einige ihrer persönlichen Dinge durfte sie in Daniels Kellerabteil unterbringen.

Sie schrieb an ihrem Artikel und las Daniel daraus vor. Er applaudierte jeder Formulierung, jedem Absatz. Großartig. Sie selbst fand ihren Text laienhaft, bemüht witzig, ahnungslos, in seiner Kritik nicht überzeugend, in seiner Begeisterung nicht glaubwürdig. Katastrophal. Als sie sein Lob nicht mehr ertrug, schilderte sie ihm ihre Bedenken. Er versuchte, sie ihr auszureden. Sie wusste, dass er nicht recht hatte. Sie argwöhnte, dass er es auch wusste, und es lediglich anders sehen wollte.

Dann kam der Tag der Heftpräsentation, und, genau genommen, war es dieser Tag, der die Sache zum Kippen oder die Wahrheit ans Licht brachte. Der Pressechef des Orchesters hatte einen Stand im Foyer des

Herkulessaals aufbauen lassen. Das Heft lag dort aus. Abonnenten bekamen es umsonst, die übrigen Konzertbesucher mussten zehn Euro dafür bezahlen, und das war's dann. Das war die Präsentation. Es gab keine Ansprache, keine Lesung, keine Dankesworte, keinen noch so kleinen Applaus, nichts. Für Sophia war die Sache klar: Ihr Schwindel war aufgeflogen, und man hatte sich entschieden, die Sache so unauffällig wie möglich zu übergehen. Ihr Text war offensichtlich so schlecht, dass man ihn verstecken musste. Sie hatte sich wacker geschlagen, aber das Ergebnis konnte sich eben nicht sehen lassen. Daniel blieb bei seiner Einschätzung: grandios.

Sophia blieb nicht verborgen, dass es um weit mehr ging als um diesen Artikel. Sie konnte gut auf Applaus verzichten, sie konnte sich mit dem stattlichen Honorar trösten, aber sie konnte sich nicht länger vormachen, mit Daniel auf Augenhöhe zu sein, was immer das heißen mochte.

Daniel wollte davon nichts hören, aber für Sophia stellte dieses Erlebnis ihre ganze Beziehung infrage. Vielleicht gab es das große Geheimnis, das sie gerne dahinter vermuteten, einfach nicht. Die Wahrheit war vielleicht viel banaler. Sie persönlich hatte nichts gegen banale Erklärungen. Oft trafen sie ins Schwarze. Einen Versuch war es wert: Wie wäre es mit: Eine Journalistin auf dem absteigenden Ast, in einer allgemeinen Lebenskrise befindlich, um das schöne Wort ihrer Therapeutin wieder aufzugreifen, bei der sie nach der Trennung eine Zeitlang gewesen war, verliebt sich in einen Mann, der alles hat, was sie vermeintlich oder tatsächlich entbehrt: Geld, Talent, eine Wohnung, Erfolg, Ruhm, eine Mitte, eine Aufgabe, etwas, das ihn begeistert. Über die Reihenfolge ließe sich streiten.

Sie änderte sie einige Male. Geld war in der ersten Version gleich an erster Stelle gestanden. Sie bedachte diese Tatsache mit einem maliziösen Lächeln. Konnte es sein, dass es ihr tatsächlich in erster Linie um Geld ging? Sie konnte es ausschließen. Ihr ging es schon um die Dinge, für die Geld stand. Jemand, der Talent, Erfolg usw. hatte, hatte in der Regel auch Geld. Das war sozusagen eine natürliche Folge davon. Nicht in der Aufzählung aufgetaucht war das Wort Sex.

War das hier nichts weiter als der schlechte alte Deal? Status gegen Sex? Hatten sie sich in den ersten zwei Monaten, die nun an ihr Ende gekommen waren, gegenseitig etwas vorgespielt?

Der ganz besondere Reiz bestand ja darin, dass diese Affäre oder Amour fou, oder was immer es war, scheinbar alle ihre Probleme gelöst zu haben schien.

Und warum auch nicht? Vielleicht waren die Dinge manchmal einfach. Plötzlich war auch sie wieder jemand, der alles hatte, was sie einmal besaß: Erfolg, eine Mitte, Geld usw. Und all das war noch nicht einmal geborgt. Nicht alles jedenfalls. Nicht das, worauf es ankam. Daniel spielte Cello, Sophia schrieb an ihrem Laptop. Sie fand den passenden Ausdruck, um

Maeterlincks Genie für ihre Leser begreiflich zu machen. Sie sprach mit den Musikern, als wäre sie eine von ihnen. Sie reiste mit ihnen. Es war nicht gelogen, es war keine Luftnummer, sagte sie sich, und doch fragte sie sich, wie es so schnell kommen konnte, wie dieser Wechsel, wie diese Wandlung zu schnell hatte geschehen können. Sie sprach mit Daniel darüber.

»Die Macht der Liebe«, sagte er. Sein etwas gönnerhafter Spott beseitigte ihre Zweifel nicht, er nährte sie.

Je öfter sie dieses Wort, Jahresprogrammheft, bei sich wiederholte, desto lächerlicher und mickriger kam es ihr vor. Jedes Jahr erschien eines davon, und es war, was es war: ein Programmheft. Das Publikum, dem das Internet weitgehend fremd war, blätterte darin, um die Termine für die nächsten Konzerte zu erfahren. Von Musik verstanden sie, zumindest nach ihrer eigenen formidablen Einschätzung, hundertmal so viel wie diese junge, na, nicht mehr so ganz junge Frau, die ein paar ganz nette Texte dafür verfasst hatte, die kein Mensch las.

Am Abend, nach dem Konzert, kamen sie nach Hause in Daniels Wohnung. Daniel redete unablässig davon, wie die Aufführung gewesen war, wer sich wann welche Ungenauigkeit geleistet hatte, höhnte über das gutmütige Münchner Publikum und war alles in allem sehr mit sich zufrieden. Sie saßen an seinem spektakulären Esstisch, Noten lagen herum, Bücher, Daniel holte Käse und Wurst und Brot aus dem Kühlschrank und eine Flasche Rotwein. Er redete und

redete dabei ununterbrochen, machte feinsinnige Be-
merkungen über dieses und jenes, bis Sophia mit der
flachen Hand auf den Tisch schlug, so gewaltig, dass
die Gläser und die Teller hüpften, und Daniel zusam-
menfuhr und völlig perplex endlich den Mund hielt
und sie ansah.

»Hast du den Schuss nicht gehört?«, war die Redewendung, die ihr einfiel, aber sie sagte den Satz nicht,
das wäre zu harmlos gewesen, zu lustig, und sie meinte
es nicht lustig, sie hasste ihn in diesem Moment, sie
wollte, dass er endlich die Schnauze hielt, und das
hatte sie nun erreicht, diesen Effekt wollte sie nicht im
nächsten Augenblick wieder zunichtemachen. Sie fun-
kelte ihn an, und mit Genugtuung stellte sie fest, dass
ihr nicht die Tränen in die Augen schossen, sondern
ihr dieser kalte, klare Hass noch eine Weile zur Verfü-
gung stehen würde, und das war gut so. In diesem
Augenblick hätte sie es beenden können. Die Beziehung. Während sie es hinschrieb, überlegte sie, ob sie
sagen sollte: Müssen? Sollen? Aber so hatte sie in der
Situation nicht gedacht. Sie hatte gefühlt, dass sie es
konnte, und das gab ihr Macht genug. Sie konnte ihn
zum Schweigen bringen, und damit war es zuerst einmal gut. Zumindest in diesem Moment. Es dauerte
lange Zeit, bis er wieder zur Sprache zurückfand, zu
seinen wohlgesetzten Worten, und die, die er wählte,
hatten es in sich.

»Was ist denn los mit dir?«

Das war seine Frage. Er stellte sie in einfühlsamem,
besorgtem Ton. Milchig, war seltsamerweise das Wort,

das ihr dafür in den Sinn kam. Sie war es wert, ganz genau beachtet zu werden, diese Formulierung, dachte sie. »Mit dir«, hatte er gesagt, war etwas »los«.

Obwohl es eine Frage war, die er stellte, war damit das Wichtigste schon mal gesagt. Wenn hier jemand plötzlich einen Knall hatte, dann sie. Nicht er. Wie auch? Was hatte er getan? Er hatte geliefert. Heute Abend, sowie jeden Abend. Und sie? Sie hatte auch geliefert. Aber was sie geliefert hatte, war nicht gut, und deshalb interessierte es niemanden auch nur einen Scheißdreck! Sie musste lachen darüber. Und das brachte sie noch mehr in Rage. Sie ließ einen Hagel von Vorwürfen und Beleidigungen auf ihn herab, den er eigentlich nur mit ihrem Rauswurf beantworten konnte. In gewisser Weise wäre ihr das auch recht gewesen, legte sie es sogar darauf an.

Alles hier war einfach nur ein riesiges Missverständnis, ihre Liebe, oder wie sie das nennen sollte, inklusive. Klar, Ficken macht Spaß, aber irgendwann kommt man dann eben doch an den Punkt, an dem es sich zu fragen lohnt, was das Ganze soll.

Ihre Beziehung gründete auf einer Lüge. Sie hatten drei atemlose Monate so getan, als befänden sie sich auf Augenhöhe. Für jeden anderen Menschen war diese Lüge offenkundig, auf den ersten Blick ersichtlich. Daher auch die Missgunst, die sie von anderen erfuhr. Von ihren Kollegen, von jedem Konzertbesucher, der Daniel kannte, aber nicht die namenlose, deutlich jüngere Frau an seiner Seite. Die einzige Möglichkeit, dieser Lüge zu entkommen, bestand darin, das Tempo hochzuhalten und die Augen zu verschließen. Was musste geschehen, wenn jemand mit geschlossenen Augen das Tempo hochhielt? Er – nein, sie – würde früher oder später an die Wand fahren. Crash! Totalschaden. Krachendes Blech, kreischendes Metall, Glassplitter, offene Knochenbrüche und Blut überall.

Leider hatte sie vergessen, sich anzuschnallen. Nein, sie hat es nicht vergessen, sie hatte es ganz bewusst unterlassen. Das hätte ja bedeutet, sie traue der Sache nicht. Wenigstens nicht hundertprozentig. Einen solchen Gedanken durfte sie sich nicht leisten. Und doch war es so was von klar, dass es eines Tages passieren würde. Und heute war es passiert. Wie gesagt, die Lüge war für jeden, der sie nicht bewusst leugnete, offensichtlich: Auf der einen Seite war Daniel, der Weltstar. Keiner vielleicht, nachdem sich die Leute auf der Straße umdrehten, obwohl auch das hin und wieder geschah. Aber einer, der in dieser seltsam esoterisch gewordenen Kunst der klassischen Musik, pardon, der E-Musik, höchsten Ruhm genoss. Und wer war sie? Eine arbeitslose Journalistin, die es verstanden hatte, sich, durch welche Fertigkeiten auch immer, einen letztlich vollkommen unbedeutenden Auftrag an Land zu ziehen. Ihr Arsch und ihre Titten spielten dabei vermutlich eine größere Rolle als ihre schreiberischen Fähigkeiten. Von ihren nicht vorhandenen Kenntnissen über Musik gar nicht zu reden. Bei jedem Gespräch mit einem Musiker oder gar mit Maeterlinck kam sie sich vor wie eine Idiotin. Zu ungebildet, um wenigstens ihre angebliche Bewunderung so zu formulieren, dass nicht alle sofort das Weite suchten, wegen irgendeiner peinlichen Eselei, die sie gesagt oder geschrieben hatte, wegen ihrer sich sogleich aufs Peinlichste offenbarenden Ahnungslosigkeit.

Sie stand, er saß. Sie schrie, er schwieg. Während sie es genoss, auf ihn herabzuschreien, entging ihr nicht, wie sich sein Gesicht veränderte. Seine anfängliche Selbstsicherheit, in der er, was sich gerade abspielte, für eine Laune hielt, die weiß Gott woher kam – Hormone? Eifersucht? –, wich einem wachsenden Ernst. Eigentlich weniger Ernst als Konzentration, Aufmerksamkeit. Dieses Gesicht hatte sie oft an ihm beobachtet, wenn er sein Instrument spielte.

In letzter Konsequenz legte sie es doch nicht auf einen Bruch an, aber er wäre ihr als die logische Folge ihrer kleinen gemeinsamen Geschichte erschienen. Seltsamerweise war es allein sein Gesicht, sein Gesichtsausdruck, der ihre Wut schwächte, der sie weich machte, sie eine Hoffnung spüren ließ, es könne eine andere Möglichkeit geben. Wie konnte sie aussehen?

Plötzlich bestand wieder Hoffnung. Daniel holte mehr Wein, auch Stift und Papier. Es konnte etwas getan werden.

»Komm, lass uns darüber nachdenken, wie du da wieder herauskommst.«

An diesem Abend beschlossen sie (beschloss Daniel?), Sophia würde Schriftstellerin sein. Sie würde mit ihm zusammen in dieser Wohnung leben.

»Du kannst hier wohnen, kümmere dich nicht um

Geld, ich glaube, wir haben etwas Gutes angefangen, eine tolle Sache. Ich glaube daran, dass wir uns finden können.«

Das hatte er schön gesagt. Ein Künstlerpaar. Warum nicht? Sie stimmte zu. War es wirklich so gewesen? Vielleicht nicht ganz so direkt, aber immerhin hatten sie sich nur kennengelernt, weil sie Autorin war. Trotzdem, ihr passte der Gedanke nicht, dass diese »Lösung« des Problems auf seinem Mist gewachsen war. Hätte er sich auch für sie interessiert, wenn sie einfach nur eine Frau mit gutem Geschmack und intelligenten Ansichten gewesen wäre, aber kein Genie? Musste sie denn eines sein? Würde sie nicht viel besser leben, wenn sie sich irgendeine einfache Arbeit suchte, die ihr für ein paar Stunden am Tag ein wenig Spaß machte, und das Genie-Sein ihrem Mann überlassen? Sie hörte förmlich Lea mit ihr schimpfen:

»Selbstverständlich, so kann man es auch machen. Damit garantiert alles so bleibt, wie es immer war. Der Mann das Genie, die Frau seine Zierde. Wahrscheinlich würde er dir verbieten, irgendeinen normalen Job zu machen. Was sollen denn die Leute denken. Manchmal habe ich das Gefühl, die Dinge ändern sich nie.«

Lea hatte leicht reden. Ihr Geschäft florierte.

Immerhin, die Frage war interessant, es konnte ein Thema sein, über das zu schreiben sich lohnte. Ab wann hatte festgestanden, dass Daniel ein Cellist von Weltrang werden würde? Ab wann, dass sie schon mit zwanzig als journalistischer Shootingstar gehandelt wurde? Gab Talent den Ausschlag? Zufall? Fleiß?

Und was führte dazu, dass Daniels Karriere, oder was das richtige Wort dafür war, sich auf immer neue Höhen schwang, während ihr schon mit fünfundzwanzig schwante, dass irgendetwas nicht stimmte.

»Schreib etwas!«, wiederholte er, ein ums andere Mal.

»Ich könnte über dich schreiben.«

»Über mich? Ich bin nicht wichtig«, sagte er mit der wuchtigen Selbstsicherheit von jemanden, der nie anders als wichtig genommen worden war.

»Schreibe. Schreibe etwas. Du bist Schriftstellerin. Du tust so, als wärst du keine. Als wärst du gar nichts. Aber genau das bist du: eine Schriftstellerin. Schreibe!«

Die Erzählung vom endgültigen Scheitern ihrer Journalistenkarriere ging ihr so flüssig von der Hand wie schon lange nichts mehr, und in der Nacht von Dienstag auf Mittwoch schlief sie lange und fest. Am Morgen stand sie gut gelaunt auf und fasste den Vorsatz, den neu gewonnenen Elan vom Vortag so lange wie möglich lebendig zu halten. Sie musste sich vor allem klarmachen, dass es nichts zu verlieren gab. Sie konnte schreiben, was immer sie wollte. Es war auch gar nicht nötig, sich jetzt schon festzulegen. Da sie nicht genau wusste, wie es weitergehen sollte, entschied sie sich dafür zu redigieren, was sie gestern zu Papier gebracht hatte, und sie gab sich selbst das Versprechen, nicht wieder alles in Zweifel zu ziehen. Falls es ihr doch passieren sollte, würde sie aufstehen, und einen Spaziergang machen. Schon am frühen Nachmittag hatte sich ihr Enthusiasmus allerdings weitgehend verflüchtigt. Es war sinnlos, sich einfach irgendwelche Geschichten auszudenken. Sie musste sich mit ihrer eigenen beschäftigen.

Von da an dauerte es nicht mehr lange, bis sie wieder vor ihrem Laptop landete, im Internet. Sie tippte, in Anführungszeichen, den Namen ein, den sie, seit sie ihn zum ersten Mal gelesen hatte, nicht mehr aus dem Kopf bekam, egal wie sehr sie es auch versuchte:

»Nadja Perlmann«

5.

Es dauerte nicht lange, bis sie auf den Namen Max Färber stieß. Max Färber hatte Nadja Perlmanns Geschichte aufgeschrieben. Genauer, seine Version davon. Dadurch war er Teil der Geschichte geworden, und andere begannen, über ihn zu schreiben. Während Sophia all dies las, machte sie Max Färber zu einer Figur ihrer eigenen Erzählung.

Max Färber hatte das Gefühl, er war auf der richtigen Spur.

Auch wenn München ein erbärmliches Nest voller kleinkarierter, armer Spießer war, die sich auf ihre Kleinkariertheit und Spießigkeit noch etwas einbildeten. »Millionendorf« nannten sie ihre Stadt, und hielten das für eine liebenswerte Bezeichnung. Als würden es eine Million Landeier besser machen. Max kam vom Dorf, er wusste, wie öde das Leben dort war, und hier war es noch eine Million Mal öder, und trotzdem war er in diese Stadt gezogen. Lieber wäre er woandershin gegangen, aber diese hier war die größte für ihn erreichbare. Martin, sein ältester Freund, war

Fotograf geworden und lebte jetzt in New York. Er schickte Max Briefe und Kassetten. Bei Max würde es wohl noch eine Weile dauern, bis er es so weit schaffte. Fürs Erste musste er mit dem vorliebnehmen, was er hier vorfand.

In München war vieles wie in der Provinz, nur größer. Aber während das Dorf, aus dem er kam, vollständig unter der Fuchtel von Trotteln und Blockwarten stand, gab es in der Stadt geheime Orte, an denen sich gute Leute trafen. Gute Leute hörten die richtige Musik. Über die Musik lief alles. Wer die richtige Musik hörte, bewies damit, dass er etwas begriffen hatte. Musik und Klamotten, damit konnte man schnell klarmachen, zu wem man gehörte, ohne dass es die Dumpfbacken überhaupt begriffen.

Es gab noch kein Internet, Ende der Achtziger. Es gab geheimes Wissen. Es wurde gehütet, und nur an solche weitergegeben, die es wert waren. Martin schickte Kassetten aus New York. *L7: The Masses are Asses.* Das geheime Wissen verbreitete sich deshalb langsam und spärlich. Es war kostbar. Wo spielte eine gute Band? Wo traf sich die Szene? Welcher Laden war cool, welcher nicht?

Nachts auszugehen, bedeutete damals etwas anderes als heute. Damals gab es keine »Clubkultur«. Angestellte suchten nach der Arbeit keine »Locations« auf, um zu »feiern«. Wer sich der Nachtseite zuwandte, traf eine Lebensentscheidung. Die meisten von ihnen wurden später beinahe genauso bürgerlich wie die Leute, die sie verachteten. Aber es gab auch welche, die meinten es ernst. Das waren nur wenige. Auch sie kannten sich untereinander, und sie verherrlichten alle und alles, was die Bürger, die ihnen kalt und tot erschienen, verabscheuten: Kranke, Spinner, Süchtige, Kriminelle, ihre Drogen, und die Musik, die dazu passte.

Ihre Lehrer hörten Pink Floyd, *Wish You Were Here*. Max hörte auf einem Bootleg von Martin die Cycle Sluts from Hell: *I Wish You Were a Beer*.

So wichtig sie sich selbst nahmen, niemand interessierte sich sonderlich für sie. Sie trafen sich in einer Handvoll Lokalen, die nicht Clubs, sondern Läden genannt wurden. Max saß im *Café Normal* oder stand an der Tanzfläche im *Tanzlokal Größenwahn* und beobachtete.

Alle, die dazugehörten, standen in Beziehungen zueinander. Sie gaben sich Spitznamen, die sie wie Codes verwendeten. Einige gab es, die sichtlich höheres Ansehen genossen als andere. Es ging nicht friedlich zu. Es gab Fehden und Machtkämpfe. Einige besaßen genug Einfluss, um Trends zu setzen. Eine Frisur, eine Jacke, eine Platte, Schuhe. Viele von ihnen glaubten, sie lebten in einer Art Endzeit und befänden sich im Widerstand. Das Land, die Politik, die Gesellschaft waren in den Händen mächtiger Betrüger, die mit Atombomben bewaffnet waren und die Menschen hassten.

Max war Anfang zwanzig, und einer von ihnen. Nach dem Abitur war er in die Stadt gezogen. Er wollte Journalist werden, was keineswegs bedeutete, an die Uni zu gehen oder wieder eine Schule zu besuchen. Es bedeutete, er wollte etwas wirklich Gefährliches erleben und dann darüber schreiben. Vorerst war es ihm nur gelungen, ein paar kleine Artikel in Fanzines unterzubringen. Für eine Stadtzeitung durfte er Konzertkritiken schreiben. Das Honorar war mickrig, aber er bekam Freikarten. Das Geld, das er zum Leben brauchte, verdiente er sich mit Taxifahren. Am liebsten fuhr er nachts, das gab ihm am ehesten das Gefühl, an einem abenteuerlichen Ort zu leben.

Stephan Gundlach war ein Typ, der auch in dieser Gesellschaft sofort auffiel. Manchmal trug er eine zahme Krähe auf der Schulter. Haare und Bart waren lang und verfilzt, aber er war kein Hippie, seine Klamotten hatten Stil. Meistens trug er ein T-Shirt und darüber ein kariertes Flanellhemd. Ausgebeulte Stoffhosen, über dem Knöchel abgeschnitten, Doc-Martens-Stiefel.

Er war schlank und hatte ein rotziges Grinsen. Max fand, er sah aus, als würde er zuschlagen, wenn er es für nötig hielt, obwohl er nie erlebt hatte, dass Stephan in Handgreiflichkeiten verwickelt war. Stephan hatte immer mit Frauen zu tun. Denjenigen, die etwas riskieren wollten, gefiel er, und sie hingen mit ihm herum. Max war nicht sicher, wie viel davon Show war und wie viel echt. Wie viele Jungen in seinem Alter fand er es schwierig, an Mädchen heranzukommen, und bewunderte Stephan, weil es ihm leichtzufallen und nicht einmal viel zu bedeuten schien. Sich mit

Stephan einzulassen, das war auf den ersten Blick zu sehen, versprach Abwechslung von der eher unkonventionellen Sorte, und das war es, wonach viele in dieser Szene suchten.

An einem Abend im *Tanzlokal Größenwahn* lief *Discipline* von Throbbing Gristle, und Max tanzte dazu. Schon zuvor war es zwischen Max und Stephan gelegentlich zu kurzen Blickkontakten gekommen. Genauer gesagt, Max hatte Stephans Blick gesucht und war sich nicht sicher, ob Stephan ihn unabsichtlich oder absichtlich ignorierte. Ob und wie jemand zu einem Stück tanzte, galt damals als Statement. Als *Discipline* sich langsam mit dem nächsten Track mischte, verließ Max die Tanzfläche, Stephan ging auf ihn zu und legte ihm andeutungsweise den Arm auf die Schulter. Die Geste sollte vor allem signalisieren, dass er ihm auf friedliche Weise etwas sagen wollte. Die Musik war zu laut, um das einfach so zu tun.

»Hast du Karten?«, schrie ihm Stephan ins Ohr.

Max nickte.

Sein Nicken bedeutete eine ganze Menge mehr als nur ein Ja. Es machte klar, dass Max Bescheid wusste, obwohl sie noch nie ein einziges Wort gewechselt hatten. Er wusste, dass das Stück, zu dem er getanzt hatte, von Throbbing Gristle war, dass aus Throbbing Gristle Psychic TV hervorgegangen war, und dass Psychic TV demnächst an einem Ort in der Nähe auftrat, den nur wenige kannten. Ein ehemaliges Dorfkino mit dem lustigen Namen *Circus Gammelsdorf* in der Nähe von

Landshut. Es hieß auch, Stephan wusste, dass Max Konzertkritiken schrieb und deshalb an Konzertkarten kam, und es hieß, Max wusste wie Stephan, dass es dabei gar nicht so sehr um Musik ging, sondern um den charismatischen Gründer von Throbbing Gristle und Psychic TV, Genesis P-Orridge, der kein Popstar war, sondern der Hohepriester des okkulten Temple of Psychic TV, TOPY. All das konnte nur wissen, wer die richtigen Fanzines kannte, und die richtigen Plattenläden, und, das war das Entscheidende, den richtigen Geschmack hatte. Nur, wer den hatte und findig genug war, erlangte das geheime Wissen. Ein Nicken genügte, um Stephan zu verstehen zu geben, Max flirte zumindest damit, ein Jünger Genesis P-Orridges zu sein.

Max wollte schreiben. Er wollte mit Leuten zu tun haben, mit denen William S. Burroughs zu tun gehabt hätte, wenn er heute und in dieser Stadt gelebt hätte. Er lieh sich das Auto eines Freundes und fuhr mit Stephan und zwei seiner Freundinnen, »ein paar Chicks«, wie der sie nannte, nach Gammelsdorf.

Eine dieser beiden Freundinnen hieß Alexa. Die andere war Nadja Perlmann. Max kannte sie vom Sehen, aber nicht ihren Namen. Er wusste, dass sie Künstlerin war, Schauspielerin oder Sängerin, hatte sie aber noch nie irgendwo auf der Bühne gesehen. Er wusste auch, dass sie irgendwie mit Stephan zusammenwohnte und die beiden einmal zusammen waren. Sie gefiel ihm sehr, doch leider schien er nicht den geringsten Eindruck auf sie zu machen. Jedenfalls ignorierte sie ihn die ganze Fahrt über beinahe vollständig.

Der *Circus Gammelsdorf* war ein heruntergekommenes Dorfkino irgendwo in der bayerischen Prärie, mehr als eine Stunde mit dem Auto von München entfernt. Wenn es stimmte, was man hörte, wurde er von der Bevölkerung noch mehr gehasst als die Lokale, in denen Max sich in der Stadt herumtrieb, was als Qualitätsgarantie gelten konnte.

Der Auftritt von Psychic TV war mehr ein Happening als ein Konzert. Das Publikum bestand ausschließlich aus Leuten, die vorhatten, die Kontrolle zu verlieren. Das war der Grund, warum sie hier waren.

Genesis P-Orridge sagte: »Die Idee, dass Menschen eine kollektive Euphorie erleben und ihre Paranoia vor anderen Menschen oder anderen ethnischen Gruppen verlieren, ist eine Drohung. Denn wenn sich die Menschen erst einmal in der Lage fühlen, die Angst loszulassen und zu entdecken, dass es eine wahre Freude ist, einfach nur mit allen anderen glücklich zu sein, haben diejenigen, die versuchen, jeden zu kontrollieren, ein echtes Problem.«

Stephan war bereit, die Angst loszulassen. Bei der Zugabe tanzte er zwischen Genesis P-Orridge und den Musikern auf der Bühne. Das taten auch andere aus dem Publikum, aber er als Einziger splitternackt.

Max war unten geblieben, er stand abseits der in Ekstase geratenen Zuschauermenge und beobachtete Stephan. Von allen Verrückten in diesem Raum war er der Verrückteste. Genesis P-Orridge schenkte ihm ein Lächeln. So hatte er sich das vorgestellt. Als Max nach Nadja Ausschau hielt, was er den ganzen Abend über immer wieder tat, sah er, wie sie sich gerade beim Tanzen zufällig in seine Richtung drehte. Auch sie lächelte, und obwohl er nicht wusste, ob er überhaupt gemeint war, lächelte er zurück. Doch bei der Rückfahrt gelang es ihm wieder nicht, mit ihr ins Gespräch zu kommen.

Es war keine Freundschaft, die zwischen Max und Stephan entstand, aber sie kannten sich jetzt, und manchmal begegneten sie sich in einem der wenigen Szenecafés der Stadt. Dann suchte Max seine Nähe. Er war fasziniert von ihm, wie man von Sprengstoff fasziniert ist. Er konnte jederzeit losgehen. Dabei fand er ihn gar nicht nur bedrohlich, sondern unterhaltsam. Was Stephan redete, war komisch, kurios, manchmal sogar geistreich. Wenn Stephan etwas geraucht hatte, und das hatte er eigentlich fast immer, musste ihm nur jemand ein paar Stichworte zuwerfen, und er fing an, einen seiner abenteuerlichen Monologe zu halten, die meistens damit begannen, dass das reine, natürlich gewachsene Marihuana, mit dem er dealte, und das er rauchte, göttlich war, und alle anderen Drogen eine Gefahr für die Menschheit darstellten. Übler seien nur Kokain und Heroin. Wer damit handle, verdiene es zu sterben. Wenn Stephan solche Sachen sagte, lachten alle um ihn herum. Nicht unbedingt, weil sie seine Meinung teilten, sondern weil sie sein Gerede für so übertrieben hielten. Doch genau diese Lacher waren es, die Stephan anfeuerten, und er drehte weiter auf und palaverte darüber, mit welchen infamen Mitteln die Herrschenden verhinderten, dass die Menschen die

Wahrheit über sich selbst herausfanden, nämlich, indem man sie mit schlechten Drogen vollstopfte. Was an den Schulen und Universitäten unterrichtet wurde, waren schlechte Drogen, und sie wurden gegen die Schwachen eingesetzt. Alle Institutionen und Fernsehen und Radio sowieso. Die meisten Menschen waren schwach. Für sie genügten schon geringe Dosen, um sie gefügig zu machen. Für die härteren Fälle brauchte es Kunst, Literatur und die Presse, um sie gefangen zu nehmen. Diejenigen, deren Drang nach Erkenntnis und Abweichung am stärksten war, mussten mit harten Drogen ruhiggestellt werden. Allein natürlich angebautes und pur genossenes Marihuana half, diese Zusammenhänge zu erkennen und zu verstehen. Es steigerte das Bewusstsein, es brachte die Erleuchtung. Dieses reine Marihuana war heilig und Stephan sein Messias. Stephan sagte diese Dinge so, dass man nie sicher sein konnte, ob er Witze machte, oder es vollkommen ernst meinte. Max liebte diese Monologe und amüsierte sich darüber mit den anderen, die zuhörten. Stephan hatte einen Sinn für sein Publikum, er unterhielt es mit diesem Gerede, das manchmal so klang, als habe es einen versteckten Sinn oder folge irgendeiner obskuren Theorie, obwohl es ziemlich sicher einfach nur völlig verrückt war.

Max interessierte sich nicht sonderlich für Drogen. Sie waren ihm eigentlich egal. Er wollte die Leute kennenlernen, die damit zu tun hatten. Sie erschienen ihm wie Helden eines Widerstands, der nicht politisch war, sondern irgendwie fundamentaler. Ein Widerstand, der mit einem anderen Bewusstsein zu tun hatte. Die kleinbürgerliche Spießigkeit, von der sich Max umgeben sah, musste eine Nachtseite haben, und Stephan schien ihm als ihr schillerndstes Exemplar. Er wollte über ihn schreiben, wissen, wie er lebte, und fragte ihn, ob er ihn interviewen dürfe. Ein Hintergedanke dabei war, dass er auf diese Weise vielleicht Nadja wieder begegnen könnte, die er seit dem Konzert nicht mehr gesehen hatte. Stephan überraschte die Bitte nicht. Bald schon nahm er Max mit in seine Wohnung.

Stephan lebte in einem völlig heruntergekommenen Haus im Glockenbachviertel. Ende 19. Jahrhundert, angedeuteter Jugendstil, aber nichts Besonderes. Es hatte den Krieg überstanden und war ganz offensichtlich niemals renoviert worden.

»Es ist besetzt«, sagte Stephan, als sie das Treppenhaus betraten, und reckte dabei kämpferisch die Faust. Es gab tatsächlich einige Häuser in der Stadt, die als »besetzt« galten. Die Mieter weigerten sich, Mieterhöhungen zu bezahlen oder auszuziehen, und hängten Plakate mit Parolen gegen Spekulanten aus den Fenstern. In leer stehende Wohnungen zogen Leute wie Stephan ein, die niemandem Miete bezahlten und entschlossen waren, sich nicht wieder vertreiben zu lassen. Weil der Lift nicht funktionierte, stiegen sie die Treppe hoch bis ins oberste Stockwerk und dann über eine weitere Treppe auf den Dachboden. Er war provisorisch bewohnbar gemacht, der fensterlose, von einer schwachen Glühbirne beleuchtete Flur glich einer Müllhalde, und es stank. Max war sich sicher, es stank nach Verwesung, und weil der Gestank so stark war, sagte er es auch.

»Ratten«, antwortete Stephan grinsend.

Vom Flur gingen mehrere Türen ab, die alle verschlossen waren.

»Wohnt Nadja auch hier oben?«, fragte Max.

»Sie ist nicht da«, antwortete Stephan, seltsam knapp.

Seine Tür war mit einem Vorhängeschloss und einer Fahrradkette verschlossen, die er aufsperrte, und dann standen sie in seinem Zimmer, das Max' schlimmste Befürchtungen übertraf. Eine Kammer unter einer Dachschräge mit einem winzigen Oberlicht. Ein paar Möbel vom Sperrmüll, eine Matratze mit zerwühlter, fleckiger Bettwäsche auf einem dreckstarrenden Teppichboden. Eine Kochnische mit einem Waschbecken voller Haare. Von draußen kam ohnehin kein Licht herein, weil es mitten in der Nacht war. Stephan knipste eine funzelige Deckenleuchte an, das gleiche Modell wie im Flur.

Auf dem Kühlschrank stand ein Vogelkäfig mit Stephans Krähe darin. Im Vorbeigehen schnippte er mit den Fingern an die Gitterstäbe, was ein Begrüßungskrächzen zur Folge hatte.

Sie setzten sich auf zwei abgewetzte Schaumgummistühle an einem winzigen runden Tisch. Max baute den kleinen Kassettenrekorder auf, den er als Aufnahmegerät mitgebracht hatte. Beide hatten noch nie ein Interview geführt. Dass sie es jetzt taten, ließ ihnen die Situation irgendwie bedeutsam erscheinen. Stephan baute einen Joint und redete sich dabei schon in Rage, und als Max ihm ein Zeichen gab, dass das Band lief, wartete er nicht auf eine Frage, sondern fing sofort an zu reden.

Vermutlich, weil das Band lief, und die Sache deshalb einen irgendwie offiziellen Anstrich zu haben schien, drehte Stephan noch mehr auf als sonst.

Er sagte, wenn er wollte, könnte er von heute auf morgen eine Revolution anzetteln, was er früher oder später sicher auch tun werde. Nach der Revolution würden alle seine Feinde getötet. Max müsse aufpassen, was er über ihn schreibe.

»Wenn du Scheiße schreibst, bringe ich dich um«, sagte er und reichte ihm den Joint.

Er stand auf, ging zu einem halb eingestürzten Billy-Regal und sammelte drei Bücher zusammen, die er vor Max auf den Tisch legte. Eine Originalausgabe von *Mein Kampf*, *Die Satanische Bibel* von Anton Szandor La Vey und den Gedichtband *Männer* von Paul Verlaine. Er las Max vor. Zuerst Verlaine:

O lästere, Dichter, nicht, besinne Dich!
Es ist oft schön, bei einer Frau zu liegen
Und ihrem weichen Fleisch sich anzuschmiegen;
Manchmal erfreute dieses Glück auch mich.

Herrliches Liebesnest ist ihr Gesäß!
Ich lasse kniend dort die Zunge spielen,
Indes die Finger andern Schacht durchwühlen,
Wie Schweinchen wuscheln durch ihr Fressgefäß.

Allein, wer möchte dich dem Männergesäß vergleichen,
Das sich weit wollustreicher noch erwiesen,
Als Freudenblume und als Schönheitszeichen
Von den Besiegten und Leibeigenen gepriesen.

Max wusste nicht recht, was er davon halten sollte. War das die lyrische Vorrede zu seiner Vergewaltigung? Stephan schlug die *Satanische Bibel* auf und zitierte: »Immer, wenn ein Land eine neue Regierung bekommt, werden aus den Helden der Gegenwart die Schurken der Gegenwart.«

Es folgte eine Ableitung seiner göttlichen Abstammung aus der Quersumme seines Geburtsdatums, das er so lange mit den Quersummen anderer bedeutsamer historischer Daten addierte und subtrahierte, bis »Die Zahl des Tieres«, 666, dabei herauskam.

»Und jetzt kommt es«, sagte er, nahm *Mein Kampf* in die Hand und schlug Seite 666 auf. »Da, schau. Wie heißt das Kapitel? ›Aufbau der Bewegung‹! Ich bin die göttliche Revolution!« Er hielt das Buch triumphierend in die Höhe, so als habe er gerade einen unwiderlegbaren Beweis geführt.

Max fand die Darbietung beides: zum Brüllen komisch und vollkommen geistesgestört. Zugleich aber machte er sich Sorgen, wie er das »Interview« beenden konnte, ohne Stephans Unwillen zu erregen? Stephan war kein Schläger, aber doch jemand, der sehr impulsiv werden konnte. Er entschied sich deshalb, noch eine Weile Interesse zu zeigen, und tat so, als sei er beeindruckt, aber noch nicht vollends überzeugt.

Stephan lachte und nickte, als habe er nur darauf gewartet, und sagte: »Ich sehe, du bist wirklich interessiert. Du willst mich testen? Ich teste dich. Es ist eine Zeichnung. Du musst sie betrachten. So, wie ich sie gleich vor dich legen werde, solltest du einen gehörnten Rinderkopf sehen. Du drehst es um neunzig Grad nach links, und der Kopf verwandelt sich in eine junge Frau, eine schwarzhaarige, schöne junge Frau, die auf dich zukommt, und wenn du es noch weiter drehst, wieder neunzig Grad, siehst du mich, aber mit Pfoten und Fell, in der Gestalt eines Deutschen Schäferhundes. Hund heißt auf Englisch dog, rückwärts buchstabiert god, also Gott. Verstanden?«

Max nickte. Stephan zog mit den Fingerspitzen ein gefaltetes Blatt aus dünnem Durchschlagpapier zwischen den Seiten von *Mein Kampf* hervor.

»Es ist sehr empfindlich. Du musst es berühren, sonst funktioniert es nicht. Du musst es lange und intensiv anschauen. Wenn du auch göttlich bist, wirst du sehen, was ich gesagt habe. Das kann eine Weile dauern, zwanzig Minuten oder so. Aber wenn es nicht gelingt, oder mit dem Bild irgendetwas passiert und es seinen Zauber verliert, muss ich dich töten.«

Max reichte es jetzt endgültig.

»Nein, nein, lass es, bitte! Dann will ich es nicht sehen! Ich glaube nicht, dass es bei mir funktioniert. Ich bin sicher. Ich glaube, nur du bist göttlich, nicht ich! Pack es weg, pack es einfach wieder weg!«

Er hatte jetzt keinerlei Zweifel mehr. Der Kerl war wirklich vollkommen wahnsinnig.

»Ich meine, du würdest es niemals absichtlich beschädigen, oder?«, fragte Stephan.

»Nein, und ich will es auch gar nicht sehen und in die Hand nehmen.«

»Also, wenn du es nur versehentlich beschädigen würdest, müsste ich dich nicht umbringen. Und wir können die Zeremonie der Neun Winkel durchführen, zu deinem Schutz.«

Stephan grinste, als freue er sich schon darauf.

»Ich glaube, ich habe genug Stoff fürs Erste«, sagte Max und schaltete den Kassettenrekorder ab.

»Wie, schon fertig?«

»Ja, ich glaube, das ist jede Menge Material.«

»Wo erscheint das?«

»Erst mal nirgends. Ich lasse es dich vorher lesen.«

»Musst du nicht, ich vertraue dir. Rauchst du noch einen mit?«

Max wollte gehen, und Stephan schien ein wenig enttäuscht über das jähe Ende des Interviews. Es war ein knapper und schneller Abschied, und als er unten auf der Straße war, schüttelte Max lachend den Kopf über diesen erstklassigen Spinner, den er auf eine merkwürdige Weise mochte, der ihn faszinierte. Nicht, weil er ihn für irgendetwas bewunderte, sondern weil er sich freute, dass es selbst in dieser von Blockwarten regierten Stadt einen Untergrund gab, eine andere Seite.

Max begegnete Stephan nie wieder. Nicht, dass er ihn gemieden hätte, im Gegenteil, er rechnete damit, ihn bald im Tanzlokal, im *Baader*, im *Substanz* oder im *Normal* zu sehen. Aber es vergingen Wochen, ohne dass sich ihre Wege kreuzten. Sie hatten nie Telefonnummern getauscht, Max wusste nicht, ob Stephan überhaupt eine hatte. Wozu auch? Er begann, Ausschau nach ihm zu halten, aber er schien verschwunden zu sein. Erst ein paar Wochen später tauchte er wieder auf. Auf den Titelblättern der Boulevardzeitungen.

An einem Hochsommervormittag im August 1989 kreuzte Stephan Gundlach im Polizeipräsidium in der Ettstraße in der Münchener Innenstadt auf, um ein Geständnis abzulegen. Er betrat den finsteren, gedrungenen und Respekt einflößenden Ziegelbau mit der gezähmten Krähe auf seiner Schulter. Die beiden wachhabenden Polizisten hinter dem Empfangstresen hätten sich wahrscheinlich nicht über ihn gewundert, wenn er von Kollegen in Handschellen hereingeführt worden wäre. Aber dass jemand, der so aussah wie er, alleine und freiwillig und mit einem Vogel auf der Schulter hereinkam, alarmierte sie.

»Sie können hier nicht mit so einem Tier hereinspazieren, was wollen Sie denn?«, sagte einer der beiden Beamten, während er aufstand und zum Tresen ging.

Gundlach antwortete knapp, leise, aufgeregt, unverständlich.

»*Was* wollen Sie?«

Gundlach wiederholte, was er gesagt hatte, diesmal besser verständlich.

»Ein Geständnis? Was wollen Sie denn gestehen?«

Ein zweiter Beamter kam dazu.

Gundlach redete irgendwelches Zeug, aber die Polizisten verstanden sofort, dass es sich um eine ernste Sache handelte. Sie öffneten die Klappe im Tresen und brachten ihn in ein Vernehmungszimmer.

Den Kriminalbeamten, mit denen er sprach, fiel es zuerst schwer zu verstehen, was ihnen Gundlach gestehen wollte. Er erzählte ihnen, er habe Nadja »zerlegt« und »verschwinden lassen«, und zwar »mit System«. Andererseits beteuerte er, sie nicht getötet zu haben. Nach der Überprüfung im Computer hatte eine Nadja Perlmann in München weder einen Wohnsitz, noch gab es eine Vermisstenanzeige unter diesem Namen.

Die Beamten stellten skeptische Fragen.

»Der Name Nadja Perlmann taucht in unserem Computersystem nicht auf. Wissen Sie, ob sie hier gemeldet war?«

»Das ist ja das Problem! Das ist ja das Problem, dass niemand etwas mitbekommt.«

»Sie wissen, dass das Vortäuschen einer Straftat selbst eine Straftat ist?«

»Ich täusche nichts vor. Ich habe mich nicht getäuscht. Ich täusche nichts vor.«

»Also gut. Vielleicht versuchen Sie, uns zu beschreiben, was vorgefallen ist.«

»Das heißt, Sie glauben mir?«

Gundlach sprach und benahm sich wie ein kompletter Wirrkopf, aber die Schilderungen seiner Tat, die er nun folgen ließ, waren so detailreich und überzeugend, dass die Vernehmungsbeamten sich schnell entschieden, ihn reden zu lassen und alles akribisch aufzuzeichnen.

Gundlach erklärte, er sei zur Polizei gekommen, weil er es nicht mehr ausgehalten habe, dass die Tat nicht entdeckt wurde. Er meinte damit aber offenbar nicht seine Tat, sondern die Tötung Nadjas, die jemand anderer begangen haben sollte.

»Sie war schon tot. Sie war schon tot, als ich sie gefunden habe. Deshalb musste ich sie verschwinden lassen. Weil mir das ja keiner geglaubt hätte. Ich komme in die Wohnung, Nadja tot, und ich hole die Polizei. In einem besetzten Haus. Bullenschweine. Sage ich nicht jetzt! Nicht jetzt! Aber dachte ich. Sie hätten es mir nicht geglaubt. Darum musste ich Nadja verschwinden lassen. Restlos beseitigen. Sodass niemand sie findet. Keine Nadja. Kein Problem.«

Die Polizisten wussten nichts von einem besetzten Haus. Es gab im Glockenbachviertel einige heruntergekommene Wohnhäuser, in denen Mieter Plakate gegen Spekulanten aus den Fenstern hängten. Gundlach nannte ihnen die Adresse. Er beschrieb ihnen, dass er, wie Nadja, ein Zimmer auf dem ausgebauten Dachboden bewohnte. Er schien keine Gewissensbisse zu haben, sondern war eher aufgeregt, weil er endlich jemandem erzählen konnte, was ein paar Wochen zuvor geschehen war.

»Ganz langsam. Wie haben Sie Nadja Perlmann gefunden?«

»Es war Samstagnacht. Ich bin nach Hause gekommen. Auf dem Dachboden wohnen nur ich und sie in kleinen Zimmern. Die hat der Vermieter da oben hineingebaut, um noch mehr Miete kassieren zu können, verstehen Sie? Aber wir zahlen keine Miete. Wir haben den Dachboden besetzt. Gegen die Spekulantenschweine. Auch in München – Häuserkampf!«

Er reckte die linke Faust in die Höhe und behielt die Pose ein paar Sekunden bei, wie eine lebende Statue. Die Polizisten unterbrachen sein Gerede nicht. Sie wollten sehen, worauf das hinauslief. Als er fortfuhr, beschrieb er ihnen ganz genau, wie er Nadja Perlmann tot auf ihrem Bett liegend in ihrem Zimmer gefunden hatte. Die Tür war offen gestanden, so war er auf sie aufmerksam geworden.

»Ich wusste gleich, sie war tot. Zuerst dachte ich, ich muss die Polizei rufen.«

Dann beschrieb er ihnen, wie er die Leiche zerstückelt und die Leichenteile über die ganze Stadt verteilt hatte.

»Ich musste es tun, weil sonst jeder gedacht hätte, ich hätte Nadja umgebracht, aber das habe ich ja nicht. Also ging ich mit System vor.«

Zuerst trennte er Hände und Füße ab, danach die Unterarme und -schenkel. Er bat um einen Stadtplan, anhand dessen er erklärte, nach welchem »System« er die Gliedmaßen versteckte. Er legte großen Wert darauf, es zu erläutern, obwohl es überhaupt keinen Sinn ergab. Die linke Hand im Nordwesten, die rechte im Südosten, den linken Fuß im Südwesten.

Genauso ging er mit den Oberarmen und -schenkeln vor und schließlich mit dem Kopf, der, wie er erklärte, »ins Zentrum gehörte«.

Er hatte ihn in einer Plastiktüte zum Hauptbahnhof getragen und in das Schließfach mit der Nummer 696 gesperrt, weil das Schließfach mit der Nummer 666 belegt war. Mit dieser Nummer habe es etwas Besonderes auf sich, was er aber erst später erklären werde. Den Schlüssel behielt er. Dann wurde irgendwann das Schließfach von der Bahnhofsverwaltung geräumt und Nadjas Kopf entdeckt, und später auch, an anderen Orten in der Stadt, weitere Teile ihres Körpers. Aber niemand fand heraus, wer sie war! So musste er nun zur Polizei gehen und alles erklären.

So wichtig es ihm war festzuhalten, dass er Nadja Perlmann nicht ermordet hatte, widersprach er sich doch immer wieder aufs Neue, wenn er gefragt wurde, wie er sie vorgefunden habe. Einmal behauptete er, sie sei stranguliert mit einem Gürtel um den Hals auf ihrem Bett gelegen. Ein anderes Mal, jemand habe sie enthauptet, und er habe lediglich weitergeführt, was dieser Unbekannte angefangen habe. Es habe sich dabei um eine Art göttlichen Auftrag gehandelt.

Den Rumpf von Nadja Perlmanns Leiche hatte Gundlach in einer eigens dafür angeschafften Tiefkühltruhe verstaut.

Als er direkt im Anschluss nach seiner ersten Vernehmung in Haft genommen wurde, war er überrascht, weil er doch etliche Male beteuert hatte, Nadja nicht getötet zu haben. Erst, als man ihm sagte, dass man ihn unter anderem brauche, um die Leichenteile zu finden, gab er den Widerstand auf und zeigte sich kooperativ.

Polizisten schwärmten aus, um nach Gundlachs Angaben die Überreste Nadja Perlmanns sicherzustellen.

Ein Kriminalbeamter, der damals einen seiner ersten Einsätze hatte, erzählte später:

»Die Streifenkollegen hatten das Schließfachareal abgesperrt, als wir eintrafen. Eine Gruppe von Spezialisten von der Kripo. Aber für solche Einsätze gibt es keine Vorbereitung. Niemand kann sich vorstellen, wie es ist, ein Schließfach zu öffnen, in dem sich der abgetrennte Kopf einer Frau befindet. Es war eine Kollegin, die es tat. Eine erfahrene Forensikerin. Gundlach hatte den Kopf aus der Tüte genommen und ihn mit dem Gesicht nach vorne daraufgestellt, sodass, wer die Tür öffnete, Nadja Perlmann direkt ins Gesicht sah. Ich werde nie den Laut vergessen, der der Forensikerin entfuhr. Das lang gezogene Stöhnen einer gequälten Kreatur.«

Es dauerte nur wenige Tage, bis der Fall zum ersten Mal auf die Titelseiten der Boulevardzeitungen geriet. »Der grausige Tod der schönen Tänzerin« war die erste große Schlagzeile, die den Ton vorgab.

Auch wenn Nadja Perlmann als »schöne Tänzerin« im Titel genannt wurde, spielte sie in den Berichten kaum eine Rolle. Es wurden immer die gleichen wenigen Details genannt: dass sie aus einer Provinzstadt im Süden Deutschlands nach München gekommen war, um Sängerin zu werden, in Nachtclubs auftrat, in einem Stripclub am Bahnhof Geld verdiente, und früher ein Verhältnis mit Stephan Gundlach gehabt hatte. Auch ihr Hang zu Drogen blieb nie unerwähnt.

Stephan Gundlachs Leben und Taten beschäftigten die Zeitungen weit mehr. Seine bizarre Erscheinung, der wild gewachsene Bart, die verstruppten Haare, die Krähe auf seiner Schulter, was über seine Ansichten und Lebensgewohnheiten bekannt wurde. Auch die Titel der Bücher, die in seinem Zimmer sichergestellt worden waren, wurden immer wieder aufgezählt: *Mein Kampf*, *Die Satanische Bibel*, *Männer* von Paul Verlaine, außerdem *Das Anarchistische Kochbuch* und ein Anleitungsbuch zum Knacken von Türschlössern. Dies alles bot reichlich Material, um ihn als geisteskrankes Monstrum zu beschreiben. Es fand sich niemand, der dem hätte widersprechen wollen. Nicht einmal sein eigener Anwalt.

Sebastian Uhl, zu jener Zeit ein berühmter Strafverteidiger, übernahm Stephan Gundlachs Vertretung. Gundlach war zwar mittellos, doch es wurde vermutet, er habe die Rechte an der medialen Verwertung des Falles an Uhl abgetreten. Der Anwalt ließ von Anfang an keinen Zweifel daran, dass er seinen Mandanten für schwer geistesgestört und deshalb schuldunfähig hielt. Die medizinischen und psychologischen Gerichtsgutachter kamen zu demselben Ergebnis.

Anderthalb Jahre später, im Mordprozess gegen Stephan Gundlach, legte sich das gerichtsmedizinische Gutachten eindeutig fest: Nadja Perlmann starb durch stumpfe Schläge auf den Kopf und Messerstiche in die Brust. Gundlach gab auch zu, ihr diese Verletzungen zugefügt zu haben, behauptete aber weiterhin, sie sei zu dem Zeitpunkt bereits tot gewesen.

»Warum haben Sie es dann getan?«, wurde er später, zum x-ten Mal, vor Gericht gefragt.

Seine Antwort darauf war so wirr wie fast alles, was er von sich gab:

»Ich wollte sichergehen, dass sie tot ist, bevor ich sie zerteile.«

Die Gutachter attestierten eine schwere psychotische Schizophrenie. Das Gericht stellte fest, dass Stephan Gundlach wegen einer krankhaften seelischen Störung nicht schuldfähig war. Es ordnete seine lebenslängliche Unterbringung im Hochsicherheitsbereich einer psychiatrischen Einrichtung an.

Max Färber stand vor den Zeitungskästen der Münchener Boulevardblätter, die sich an diesem Tag alle drei mehr oder weniger für die gleiche Schlagzeile entschieden hatten. Die Fotos auf den Titelseiten bildeten Stephan und Nadja ab. Während Max aus jedem Kasten eine Ausgabe klaute, versuchte er zu verarbeiten, was ihm komplett ausgeschlossen vorkam: Leute, die er kannte, waren die Hauptfiguren der grauenvollsten Geschichte, die sich nur irgendjemand ausdenken konnte. Mord! Blut! Sex! Drogen! Satanismus! Durchgedrehte Jugend! Mitten in München!

Max schaffte es noch bis nach Hause, dann erlitt er einen Zusammenbruch. Er lag schlotternd auf dem Bett und versuchte zu weinen, aber es gelangen ihm nur merkwürdige Klagelaute, die er in sein Kopfkissen schrie.

Was für ein Wahnsinn war da geschehen? Warum hatte Stephan das getan? War Nadja schon tot gewesen, als Max ihn besucht hatte? Lag sie tot und zerstückelt im Nebenzimmer, während Stephan seine gequirlte Scheiße auf ihn herabregnen ließ? War es überhaupt möglich, dass Stephan so eine Tat begangen hatte? Er war vollkommen übergeschnappt, das schon, aber ein Mord an einer Frau, mit der er einmal zusammen gewesen war? Gut, das war nicht wirklich ein Argument. Die meisten Morde begingen wahrscheinlich Männer an Frauen, mit denen sie einmal zusammen gewesen waren oder gerne zusammen gewesen wären. Aber Max hatte die beiden kennengelernt, als das schon vorüber war, und sie kamen ihm überhaupt nicht leidenschaftlich oder eifersüchtig vor. Doch was wusste er schon. Vielleicht hatten sie sich gehasst, so, wie Max jetzt Stephan hasste.

Musste er zur Polizei gehen? Würde die Polizei zu ihm kommen? Wenn er ihnen von seinem Besuch bei Stephan erzählte, würden sie dann nicht denken, er habe sich mitschuldig gemacht? Der Gestank in diesem Dachgeschoss zusammen mit dem kruden Zeug, das ihm Stephan verzapft hatte? Wäre das nicht ausreichend gewesen, um anzunehmen, dass der Typ gefährlich war? Hatte er nicht öfter als einmal gesagt, diese oder jene Leute hätten es verdient zu sterben?

Max hörte nie etwas von der Polizei. Er wurde nie vorgeladen. Falls Stephan je seinen Namen erwähnt haben sollte, schien er den Ermittlungsbehörden so nebensächlich, dass sie auf seine Vernehmung verzichteten. Max kam das komisch vor. Waren sie nicht verpflichtet, genau das zu tun? Jeder Spur zu folgen, egal, ob es wirklich eine Spur war? Offenbar nicht, denn sie hatten ja, was sie brauchten: einen Täter, wie man ihn sich nicht besser ausmalen konnte. Ein Geistesgestörter, der von Hitler, Satan, Drogen und Morden faselte und sich freiwillig stellte, um zu gestehen, er habe Nadjas Leiche zerteilt. Wenn Stephan sich nicht selbst gestellt hätte, wäre er möglicherweise nie gefunden worden. Er hätte stattdessen fliehen können. Wer weiß, wann und ob sie jemals gefunden hätten, was von Nadja übrig war?

Die DNA-Analyse war zu dieser Zeit noch längst nicht so weit, dass man allein aus diesen Funden hätte Rückschlüsse ziehen können. Zumal Nadja noch nicht einmal vermisst gemeldet war. Und Stephans Plan war doch gewesen, sie so zu beseitigen, dass man ihm niemals auf die Spur kommen konnte. Seitdem waren Wochen vergangen, die die Polizei niemals würde aufholen können.

Es war möglich, dass sich in Stephans krankem Gemüt so etwas wie Reue geregt hatte. Reue, gepaart mit dem Verlangen, doch irgendwie davonzukommen. Aber Stephan verachtete die Polizei. Sie war die letzte Institution, von der er geglaubt hätte, sie sei für Reue zuständig. Nein, die Schutzbehauptung, er habe Nadja nicht getötet, hätte nur Sinn ergeben, wenn sie ihn gefasst hätten. Doch er hatte sich freiwillig gestellt!

Je länger sich Max mit diesen Fragen beschäftigte, desto mehr Glauben schenkte er Stephans Version. Er fing an, sämtliche Artikel zu sammeln, die über den Fall erschienen. So groß die Aufregung war, die er anfangs erzeugte, schon bald wanderte er von den Titelseiten der Zeitungen zuerst ins Blattinnere, und nach einer gewissen Zeit schrieb niemand mehr darüber. Der Fall war gelöst. Ein Irrer aus dem Drogenmilieu hatte eine junge Frau ermordet, die auf Abwege geraten war. Er hatte es auf grässliche Weise getan, aber was würde man von so jemandem anderes erwarten? Der Täter war gefasst, das Rätsel des Verbrechens gelöst.

Max' Gedanken gingen andere Wege. Was, wenn es wirklich so gewesen sein sollte, wie Stephan behauptete? Das allerdings warf eine Menge neuer Fragen auf. Warum erzählte Stephan verschiedene Versionen davon, wie er Nadja gefunden haben wollte? Vor allem aber: Wer sollte der mysteriöse Mörder gewesen sein?

Max fing an, sich näher mit Nadja Perlmann zu beschäftigen. Er suchte Alexa, die damals bei dem Psychic-TV-Konzert dabei gewesen war, und fand sie an einem der folgenden Abende im *Café Normal*. Sie wusste eine Menge mehr über Nadja, als in den Zeitungen stand. Eigentlich hatte sie nicht die Absicht, Max irgendetwas davon zu erzählen, aber sein Eifer, die wahren Hintergründe aufdecken zu wollen, ließ sie ihre Meinung ändern. Unglücklicherweise hatte Alexa ein anderes Verhältnis zu harten Drogen als Stephan.

Sie schlief mit Max, und hinterher schnupfte er mit ihr zum ersten Mal in seinem Leben Heroin.

Max starb fast vor Angst, eine Vorladung zu erhalten, aber aus irgendeinem Grund meldete sich die Polizei nicht bei ihm. Max machte sich verrückt deswegen. Vielleicht bereitete man auch gegen ihn eine Anklage vor? Vielleicht war Nadja schon tot in ihrem Zimmer gelegen, als er bei Stephan in der Wohnung war, Stephan hatte den Ermittlern davon erzählt und den Verdacht auf Max gelenkt? Vielleicht war das die Strategie, die hinter Stephans Leugnung, Nadja getötet zu haben, steckte?

Jedes Mal, wenn Max seinen Briefkasten öffnete, fürchtete er, heute sei der Tag gekommen, an dem sie das Feuer gegen ihn eröffneten. Doch dieser Tag kam nie.

Auch von den abscheulichsten Verbrechen werden die meisten erstaunlich schnell vergessen. Wer vor der Verbreitung des Internets gestorben ist, kommt darin nicht vor, es sei denn, er war zu Lebzeiten berühmt, oder jemand erinnerte sich aus einem anderen Grund an ihn. Sophia wäre, als sie »Nadja Perlmann« googelte, wahrscheinlich nicht fündig geworden, hätte es nicht im Jahr 2008 auf Antrag Stephan Gundlachs ein neues Verfahren gegeben, in dem ihr Name vorkam. Das Gericht sollte prüfen, ob Stephans Unterbringung in einer Hochsicherheitseinrichtung noch immer gerechtfertigt war.

Weil dieses Verfahren theoretisch auch mit seiner

Freilassung hätte enden können, rief es ein gewisses Medieninteresse hervor, das allerdings nicht über einige Artikel hinausreichte, die sich im Wesentlichen darauf beschränkten, die spektakulärsten Fakten aus der nun schon fernen Vergangenheit noch einmal zu wiederholen.

Noch immer behauptete Stephan Gundlach, Nadja nicht getötet zu haben. Jemand anderer habe das getan. Er wisse nicht, wer. Er habe die Leiche gefunden und Angst gehabt, für den Mörder gehalten zu werden.

Sein Anwalt, es war der gleiche, der ihn auch im Prozess vertreten hatte, erklärte, sein Mandant lebe seit siebzehn Jahren in einem Umfeld schwerst gestörter Psychotiker, und trotzdem sei er nie in irgendwelche Handgreiflichkeiten geraten, habe nie aufbegehrt, und es sei nie nötig gewesen, ihn in einer Beruhigungszelle festzusetzen. Er beantrage deshalb seine Freilassung, hilfsweise seine Unterbringung in einer weniger gefängnisähnlichen Einrichtung.

Der Antrag wurde abgelehnt.

So wenig Neues diese Berichterstattung, im Nachhinein betrachtet, zu bieten hatte, durch sie gelangte der Fall ins Internet-Zeitalter. Sophia wollte nicht glauben, dass dies alles war. An irgendeiner Stelle, in irgendeiner Unterhaltung auf irgendeiner Seite musste in den letzten zwanzig Jahren Nadja Perlmanns Name gefallen sein. Irgendjemand musste sich ihrer erinnert haben. Wenn sie etwas gelernt hatte, dann, im Internet zu recherchieren. Google erweckte ziemlich überzeugend den Eindruck, es *sei* das Internet. Aber das

Internet war viel größer, und blieb, wenn man Google benutzte, größtenteils unsichtbar. Doch was sie über Nadja fand, lieferte ihr genug Anhaltspunkte für ihre weitere Suche. Es kostete sie viel Zeit, aber irgendwann entdeckte sie einen obskuren Thread auf einem Subreddit, der ebenfalls aus dieser Zeit stammte.

Ein paar Leute hatten sich dort über ihre Szene-Jugend in München in den Achtzigerjahren ausgetauscht, und jemand hatte geschrieben, »Erinnert sich noch jemand an Nadja? Eine total verrückte Sache war das«, und einen Link dahinter gehängt, der zu einer amateurhaft gestalteten Website führte: »Nadjas Geist«.

Die Seite war bei Google nicht gelistet. Sie erwies sich als wahre Fundgrube. Jemand hatte sich die Mühe gemacht, alles erdenkliche Material aus vordigitaler Zeit einzuscannen und hochzuladen. Jede Menge Zeitungsartikel, aber auch die erstaunlichsten Sachen, unter anderem eine angebliche Mitschrift von Stephan Gundlachs erster polizeilicher Vernehmung. Daneben auch weniger Spektakuläres: Einladungen, Flugblätter, Programme von Auftritten Nadjas.

Stunden um Stunden ließ Sophia sich von einem Namen zum nächsten führen, von einem Begriff zu einem weiteren, von Erinnerung zu Erinnerung, von Erzählung zu Erzählung. Meistens waren es nur kleine Bruchstücke, Details, und vieles musste sie ergänzen, plausibel ergänzen, anhand des Vorgefundenen.

Was sie über Max Färber erfuhr, stammte größtenteils aus einem Artikel, der eine Art Nachruf auf ihn darstellte, aber sichtlich Vergnügen daran hatte, den Tod Nadjas und die Umstände, unter denen er geschah, noch einmal genau in Erinnerung zu rufen. Max fand man 1995 tot in seiner Wohnung, mit einer Nadel im Unterarm.

Sophia trauerte um Max, als sie auf die Nachricht stieß. Etwas an ihm hatte sie gerührt. Vielleicht seine Sehnsucht nach Abenteuern, für die in der Welt, in der er lebte, so wenig Platz war.

Über dem Nachruf stand ein Motto, ein Zitat von Max:

»Ich glaube nicht an die offizielle Version. Ich glaube nicht, dass Stephan Gundlach Nadja Perlmann umgebracht hat. Da waren andere Kräfte im Spiel.«

Andere Kräfte. Was er damit wohl gemeint haben mochte?

Unter den Nachruf auf Max hatten ein paar Leute Kommentare geschrieben.

> *»Ich kannte Max. Er kämpfte auf der Graswurzelebene den großen Kampf. Gegen das Kapital, die Bonzen, die reichen Zugereisten, für das alte München und die kleinen Leute. Es gab nicht wenige, die ihn deshalb für ein bisschen verrückt hielten. Außerdem neigte er zu Verschwörungstheorien. Ich glaube, er war einfach verknallt in Nadja. Was für eine grässliche und traurige Geschichte.«*
> *Nadja666*

Einer behauptete, sich an Nadja als Tänzerin zu erinnern.

> »Ich habe sie einmal in einem Laden in der Schiller-
> straße gesehen. Hieß, glaube ich, Pik-Ass-Klub oder so
> ähnlich. Das muss so um 1989 gewesen sein. Sie trug
> glänzende schwarze Stilettos und hatte tolle Titten!
> Auf die waren damals doch alle scharf, mich ein-
> geschlossen!«
> Friedrich Schiller

Ein anderer hatte im gleichen Haus wie Stephan gewohnt und behauptete, sich an ihn zu erinnern:

> »Das Viertel war damals ziemlich heruntergekommen.
> Grattler, kleine Spießer, Rotlichtbars und Schwulen-
> kneipen und dazwischen jede Menge Kiffer und Gesocks.
> Und heute? Eine Hipster-Bar neben der anderen! Ich
> erinnere mich an diesen Typen, weil er wie Jesus aus-
> sah. Ich glaube, ich kannte auch das Mädchen vom
> Sehen. Ich habe damals um die Ecke gewohnt. Er,
> glaube ich, in dem Haus gegenüber der Bodega Bar,
> die es heute auch nicht mehr gibt. Ich erinnere mich an
> das Polizeiband und die Kerzen und Blumen vor dem
> Haus, als es geschehen war. Das Haus war eigentlich
> schön, Jugendstil, aber total verkommen. Heute ist es
> luxussaniert, und das Dachgeschoss, in dem es passiert
> ist, ausgebaut zu einem schicken Apartment. Für die
> meisten von uns völlig außer Reichweite.«
> Lulu

113

6.

Sophia saß die ganze Nacht durch am Bildschirm, las und schrieb. Nach und nach formte sich in ihrer Vorstellung diese Geschichte um Max Färber und Stephan Gundlach, mit Nadja Perlmann als trauriger Hauptfigur und einem entsetzlichen Ende. Zweifelsohne war sie ausgehend von Quellen entstanden. Aber wie viel an Erfundenem, Ungenauem, bewusst oder unbewusst nachträglich Hinzugefügtem enthielten diese Quellen, und was hatte sie selbst ergänzt? Was ist wahr an einer Geschichte? Wie viel von sich selbst liest man hinein, und was glaubt man am Ende zu wissen?

Ein paarmal unterbrach sie ihre Arbeit und ging auf den Balkon hinaus, um zu rauchen. Sie sah dabei über die Dächer und in die Straßen hinunter. Von hier oben wirkte das Viertel so aufgeräumt und sauber wie ein Architektenmodell. Die alten Gebäude waren renoviert und herausgeputzt. Wenn man sie betrachtete, erschien die Geschichte, die jedes von ihnen zweifellos hatte, als prächtige Dekoration. Nichts deutete darauf hin, dass in diesen Häusern geliebt, gehasst, gestorben, und, wie sie nun erfahren hatte, auch gemordet worden war. Die Vergangenheit sollte nichts weiter sein als eine prächtige Kulisse.

Sie erinnerte sich, oder meinte, sich zu erinnern, Daniel habe die *Bodega Bar* einmal erwähnt. Je länger sie versuchte, sich die Situation zu vergegenwärtigen, desto sicherer war sie sich. Sie glaubte, den Namen wiederzuerkennen. Sie waren spät von einem Konzert nach Hause gekommen, und Daniel sagte, »da drüben war früher eine witzige Kneipe. Keiner von den schicken Läden, eher skurril. Hat ein Österreicher betrieben. Hieß zwar *Bodega Bar*, aber sah aus wie ein Tiroler Kellerlokal.«

Oder täuschte sie sich, und es war ein anderer Name gewesen? Irgendeiner, der ähnlich klang. Es war nur eine beiläufige Bemerkung Daniels gewesen, die sie bisher nicht weiter beschäftigt hatte.

»Das Haus gegenüber der *Bodega Bar*«, hatte »Lulu« geschrieben. Das war das Haus, in dem sie sich gerade befand! Es war Daniels Wohnung, in der Nadja Perlmann ermordet worden war, dachte sie. Doch dann zwang sie sich, genau zu lesen. »Lulu« hatte geschrieben, sie *glaubte*, sich an Nadja zu erinnern. Sie *glaubte*, Stephan Gundlach habe in dem Haus gegenüber der *Bodega Bar* gewohnt. »Lulu« war sich selbst nicht sicher. Im letzten Satz schrieb sie, heute seien Wohnungen wie die Daniels »für die meisten von uns unerreichbar«. Vielleicht war »Lulu« einfach nur jemand, der ein paar reichen Leuten den Spaß an ihrem Luxusapartment vermiesen wollte.

Wusste Daniel, was sie nun wusste? Oder zu wissen

glaubte? Was hat das mit ihr, mit ihnen beiden zu tun? Das waren die Fragen, die sie während des Lesens und Schreibens unablässig beschäftigt hatten, und die sie auf eine ihr völlig neue Weise beunruhigten. Vielleicht ging es dabei gar nicht um Mord und Totschlag oder sonst etwas Dramatisches. Es ging um ihr Leben mit Daniel. Sie erwog die Möglichkeit, ihn einfach zu fragen.

Sie musste ihm ja nicht auf die Nase binden, dass sie in seinen Sachen herumgeschnüffelt hatte. Aber wie sonst wäre sie darauf gekommen, dass er und Nadja etwas miteinander zu tun gehabt hatten. Wieder verfiel sie auf die Idee, einfach den »Stadtführer für Eingeborene« herumliegen zu lassen. Ihn ins Bett mitzunehmen und darin zu lesen. Daniel mit gespieltem Entsetzen und geheuchelter Ahnungslosigkeit zu fragen:

»Meine Güte, sieh mal, kennst du diese Geschichte?«

Vielleicht gab es Leute, die das für eine raffinierte Methode hielten, um etwas herauszufinden. Zu denen gehörte sie nicht. Oder sie besaß einfach nicht genug Fantasie, sich eine bessere auszudenken. Wenn Daniel ihr etwas über Nadja hätte erzählen wollen, hätte er es längst getan.

Sie musste einen anderen Weg finden. Was wusste sie über Daniels Vergangenheit? Wenn sie genau hinsah, vielleicht mehr, als sie bei oberflächlicher Betrachtung glaubte.

Sie erinnerte sich an ein Abendessen, bei dem ein

Wort gefallen war, das sie zuvor noch nie gehört hatte. Oder schon lange nicht mehr. Jedenfalls kam es ihr so vor, als habe es noch nie so große Bedeutung gehabt wie in diesem Augenblick.

»Einfach ein kleines Pastaessen mit ein paar guten Freunden« sollte es sein, hatte er gesagt, aber das war in jeder Hinsicht untertrieben. Die »kleine Pasta« waren handgemachte Cappellini aus der Nudelmanufaktur seines Vertrauens in Neuhausen, die Gamberini stammten von einem Fischhändler am Viktualienmarkt, in dessen Geschäft ein Foto hing, auf dem er Bill Clinton die Hand schüttelt, und die Messerspitze handverlesenen peruanischen Chilis kam aus der winzigen Gewürzhandlung gleich daneben. Selbstverständlich waren auch die »paar guten Freunde« nicht irgendwelche zusammengewürfelten Leute, sondern handverlesen wie der peruanische Chili. Ein Opernintendant, ein berühmter Maler, ein Schauspielerehepaar, ebenfalls beide berühmt. Doch es ging überhaupt nicht förmlich oder steif zu, man war »Carola« und »Gerd« und »Helmut« und »Roland« und natürlich Daniel und Sophia.

Daniel schwenkte virtuos die Pfanne mit den Gamberini, ein bisschen übertrieben theatralisch, durchaus selbstironisch, und erklärte dabei, die Cappellini dürften, nach Anweisung des großen Nudelmeisters aus Neuhausen, nur ganz genau fünfundvierzig Sekunden im sprudelnd kochenden Wasser verbringen, dann seien sie göttlich. Fünfzehn Sekunden später, und man könne sie wegwerfen.

»Also aufgepasst!«, rief er, stellte die Pfanne mit
den Gamberini ab, und widmete sich mit einer Stopp-
uhr und voller Konzentration der Zubereitung der
Cappellini. Zuvor bat er Gerd, den Schauspieler, den
Rotwein zu entkorken.

»Das ist der Appassimento aus der Weinhandlung
in der Reichenbachstraße, die du mir empfohlen hast!«

Gerd war hocherfreut, dass Daniel seinen Tipp be-
folgt hatte, öffnete und dekantierte den Wein. Aber
das alles fand nur nebenbei statt, allein Sophia beobachtete diese Marginalien ganz genau, weil sie ihr so
neu und fremd waren. Die Hauptsache war das wirklich private, wirklich ganz persönliche Gespräch aller
mit allen, auch mit ihr, Sophia. Vielleicht kam es ihr
auch nur so vor, als sei diese Vertrautheit gespielt.
Carola benahm sich ihr gegenüber von der Begrüßung
an, als wären sie alte Freundinnen. Sie umarmte und
küsste Sophia auf die Wangen, während Sophia vollauf
damit beschäftigt war, die im Übermaß hereinströ-
menden neuen Daten zu verarbeiten.

Carola war eine bekannte Schauspielerin. Auch wenn
Sophia gerade kein einziger Film einfiel, in dem sie
mitgespielt hatte, erkannte sie sie, so, wie man eine
Bekannte wiedererkennt, wobei die Bilder ihrer Erinnerung nicht vollständig mit Carolas Anblick zur
Deckung kamen. Ein seltsamer Effekt, den sie von
ihrer Arbeit als Journalistin kannte. Er stellte sich,
mehr oder weniger stark, immer ein, wenn man
Berühmtheiten mit bekanntem Gesicht begegnete.

Carola also, die Sophia gar nicht kannte, begrüßte

sie so innig wie bei einem lang ersehnten Wiedersehen. Sophia, die Carola sofort auf der Straße erkannt hätte, gelang es kaum, diese Herzlichkeit zu erwidern.

Bei »Gerd« und »Roland« war das Phänomen etwas anders gelagert. Ihre Namen waren feste Größen des Kulturbetriebs. Mit ihnen ansatzlos per Du zu sein, erschien Sophia derart gekünstelt, dass sie sich den ganzen Abend über nicht daran gewöhnen konnte. Alle hatten in ihren Metiers Außerordentliches vorzuweisen, nur Sophia nicht. Diese unverrückbare Tatsache stand ihr nur zu deutlich vor Augen, während die anderen sie ignorierten. Tapfer, wie ihr schien. Besonders qualvoll wurde es, wenn Daniel anfing, über den Roman zu orakeln, den sie angeblich schrieb. Sie bat ihn, es zu lassen, was die anderen ihr noch als besondere Bescheidenheit auslegten.

Daniels Wunsch war es, seine »besten Freunde«, wie er sagte, sollten »sein neues Glück« kennenlernen, und sie taten ihr Bestes, es mit ihm zu preisen. Sophia fühlte sich somit als Hauptattraktion und zugleich vollkommen überflüssig, denn den gemeinsamen Fundus an Geschichten und Erinnerungen, auf die sie Bezug nahmen, kannte sie nicht. Sie bemühte sich aufzuschließen, was bereitwillig honoriert wurde.

Beim Öffnen der zweiten Weinflasche verwendete Gerd das Wort, das ihr so bedeutend vorgekommen war: »Vorleben«. Er sagte etwas zu Daniel, was nur für ihn bestimmt schien, Sophia bekam es deshalb nicht genau mit. Als die beiden bemerkten, dass sie ihnen zuhörte, wandten sie sich, entschuldigend lächelnd, wieder der Runde zu. Das verstärkte ihr Gefühl noch, was sie besprochen hatten, sei nicht für sie bestimmt gewesen. Dem Tonfall nach könnte es etwas gewesen sein, wie: Gut, dass dein Vorleben damit endlich vorüber ist. Sie hatte das nicht verstanden, so reimte sie es sich später zusammen, und das konnte vollkommen falsch sein. Sie wusste es nicht, weil sie mit Daniel nie wieder darauf zu sprechen gekommen war.

Es war egal, was sie genau gesagt hatten. Es war sogar egal, ob sie überhaupt dieses Wort verwendet hatten oder ob Sophia sich nur einbildete, es gehört zu haben. Wichtig war allein, dass es ihr in den Sinn kam. Daniel war achtundvierzig, sie achtunddreißig, doch das gemeinsame Leben, das sie führten, fand unter Ausschluss ihrer Vergangenheit statt. Ausschluss, Ausgeschlossen-Sein, sich ausgeschlossen fühlen, das schien Sophias großes Thema zu sein. So erschien es ihr wenigstens, als sie versuchte, sich an den Abend zu erinnern.

Sie selbst wusste ziemlich genau, was sie in ihrer Beziehung zu Daniel nicht zum Thema machen wollte. Man konnte es eine Liste von Namen nennen, genauer gesagt, sie hätte eine Liste von Namen daraus machen können. Sie wollte diese Namen und das, wofür sie standen, aus ihrem Verhältnis zueinander heraushalten. Bei Daniel gab es da sicher auch einiges, und wer sagte, dass mit »Vorleben« nicht zuletzt irgendeine Geschichte um Nadja Perlmann gemeint war, von der seine alten Freunde einiges wussten.

Sophia war am Ende ihrer Kräfte, sie musste schlafen. Vor dem Zubettgehen sah sie auf ihr Smartphone und stellte fest, dass Daniel gestern Nacht versucht hatte, sie zu erreichen. Sie war zu beschäftigt gewesen, um es zu bemerken. Kurz danach hatte er ihr eine SMS geschickt:

»Hallo, meine Liebste!
Das Konzert ist ganz gut gelaufen. Lass es Dir gut gehen! Wir können es ja morgen mal probieren! Dein D«

Nicht der Hauch eines Vorwurfs, dass sie, um 23:34 Uhr, nicht drangegangen war, sondern offenbar Besseres zu tun hatte. War sie ausgegangen, um zu tanzen? Wollte sie jemand Neuen kennenlernen? Vergnügte sie sich mit einem Flirt? Lag sie, allein, im Bett und schlief? Schrieb sie gar fieberhaft, so, wie er es sich für sie wünschte? Möglichkeiten, die ihm vielleicht durch den Kopf gingen, so realistisch oder unrealistisch sie sein mochten. Er schwieg sich darüber aus, erlaubte sich keine noch so flüchtige Andeutung. Er hätte sie als Fürsorglichkeit tarnen können, aber er war nicht dumm. Der leiseste Anflug von Eifersucht konnte die Illusion zerstören, auf der sich ihr Zusammensein gründete. Die Illusion, vor ihnen habe es nichts und niemanden gegeben, und deshalb gebe es auch neben ihnen nichts und niemanden.

War da wirklich jene großzügige Souveränität, die

sie bisher in diesem Verhalten gesehen hatte? Oder war es eine simple, aber wirkungsvolle Strategie?

Sollte sie ihm eine SMS zurückschreiben, jetzt, um 6:48 Uhr? Zum Beispiel:

»Sagt Dir der Name Nadja Perlmann etwas?«

Eine Fernsehermittlerfrage voll unterdrücktem Vorwurf und Verdacht. Diese Frage hätte alles zerstört. Er würde vermutlich ganz gelassen darauf antworten:

»Ja. Lass uns darüber reden, wenn ich wieder zu Hause bin.«

Es würde bedeuten:

»Ach, schade, du hast alles zerstört. Aber macht nichts, lass uns gemeinsam die Scherben aufsammeln, und sehen, was dann noch von uns beiden übrig ist.«

War es Eifersucht, worum es hier ging? Vielleicht auch, vielleicht ursprünglich mehr als jetzt. Sie hatte ja etwas in seinem Arbeitszimmer finden wollen, was »gegen ihn sprach«. Wenn sie jetzt darüber nachdachte, aus einer momentanen, gehässigen Regung heraus. Sie hatte nicht ahnen können, dass daraus eine Horrorgeschichte dieses Ausmaßes entstehen würde.

Nach ein paar Stunden Schlaf, gegen Mittag, stand sie wieder auf und machte weiter. »Weitermachen«

hieß, dieses bohrende Nachdenken fortzusetzen, und Schreiben, und Rauchen auf dem Balkon.

Natürlich hatten Daniel und sie sich auch schon über frühere Liebhaberinnen und Liebhaber unterhalten. Sophia hatte genügend Beziehungen hinter sich, um zu wissen, dass dies immer wieder ein heikles Thema war. Je größer und aufrichtiger die Verliebtheit, desto weniger möchte man hören, dass es schon früher andere gegeben hat. Aber irgendwann fing man natürlich doch an, darüber zu reden.

Daniel hatte sie scherzhaft inquisitorisch nach der »Ahnenreihe« befragt, die ihm vorangegangen war. Ihr schien, er tat es eher aus einer Art Höflichkeit, denn er wusste wie sie, es wäre nicht gut, Genaueres zu erfahren. Sie erzählte ihm, ihren ersten Freund habe sie mit sechzehn gehabt. Das stimmte nicht ganz, sie war auch davor schon mit zwei Jungen zusammen gewesen, aber der erste, mit dem sie geschlafen hatte, war Sebastian, der damals einundzwanzig war. Seinen Namen und sein damaliges Alter verriet sie Daniel nicht. Der Name hätte ihm ein Gesicht gegeben, der Altersunterschied hätte ihn ein Muster erkennen lassen, das es nicht gab. Alle Freunde nach Sebastian waren etwa gleich alt wie sie gewesen. Sie beschrieb sich als Frau, die vielleicht nicht zahllose, aber doch viele Affären gehabt hatte. Für sich behielt sie das Drama ihrer großen Liebe zu einem Mann namens Sven, das sich über acht Jahre hinzog, den sie heiraten, und mit dem sie Kinder haben wollte. Auf ihn wäre Daniel wirklich eifersüchtig gewesen. Sie wollte nicht, dass Svens Name in Daniels Kopf gelangte, also behielt sie ihn für sich.

Umgekehrt durfte sie annehmen, dass Daniel ihr ebenfalls bei Weitem nicht alles über sein früheres Liebesleben erzählt hatte. Das war wahrscheinlich auch nur gut so. Sophia verspürte wenig Verlangen danach, Genaueres über all die genialen Geigerinnen zu erfahren, die vermutlich schon durch das Bett gewandert waren, in dem sie jetzt schlief.

Daniel behauptete, er habe nach seiner Scheidung bis auf zwei oder drei Affären allein gelebt. Allein schon die Formulierung bewies, dass das eine Lüge war. Warum sollte er, ausgerechnet, was seine Affären betraf, nicht in der Lage sein, bis drei zu zählen? Er musste doch wissen, ob er nach der Trennung von seiner Ehefrau und vor ihr mit zwei oder drei Frauen geschlafen hatte? War das wirklich so schwer im Kopf zu behalten? Nein, die Wahrheit war, er hatte seit seiner Scheidung, und vielleicht ja auch davor, alles Mögliche getrieben. Das war sein gutes Recht, aber Sophia war froh, dass es ihr gelang, nichts davon wissen zu wollen. Sie wusste aus Erfahrung, es war besser so. Es gab nichts Quälenderes und zugleich Unnützeres als Eifersucht auf Exfreundinnen.

Warum hatte ihr Daniel also nichts von Nadja erzählt? Von ihrem schrecklichen Tod wird er damals sicher erfahren haben. Sie versuchte die Gegenprobe. Hätte sie es ihm erzählt, wenn sie etwas Vergleichbares erlebt hätte?

Die Frage war nicht so leicht zu beantworten, wie es

auf den ersten Blick schien. Alles Mögliche konnte ihn dazu veranlasst haben, es für sich zu behalten. Sophia wusste nicht, ob Nadja in seinem Leben eine große Rolle gespielt hatte oder nur eine flüchtige Affäre war. Die Polaroids und die Art, wie er sie aufbewahrte, sprachen eher dafür, dass sie wichtig für ihn gewesen war. Andererseits tauchte er in der Geschichte, die zu Nadjas Tod führte, zumindest so, wie Sophia sie kennengelernt hatte, noch nicht einmal als Nebenfigur auf. Vielleicht waren sie zu diesem Zeitpunkt schon nicht mehr befreundet gewesen. Wo mochten sie sich kennengelernt, wie ihr Verhältnis zueinander ausgesehen haben? Daniel war es besser erschienen, über all das nicht mit Sophia zu sprechen. Der Grund dafür konnte ganz harmlos sein. Daniel wird sich gedacht haben, warum unsere schöne gemeinsame Zeit mit etwas belasten, das nicht mehr zu ändern war? Was würde ihr bleiben, als die Sache auf sich beruhen zu lassen? Sie konnte ihm sein Verhalten kaum verübeln.

Wie aber war es zu erklären, dass Daniel in der Wohnung lebte, in der es passiert war? In demselben Dachgeschoss. Er hatte Nadja gekannt, er wusste von ihrem Ende, und später kaufte er das Luxusapartment, das nach der Sanierung des Hauses aus dem Dachgeschoss geworden war.

Und wenn jemand wüsste, in diesem Haus ist ein schreckliches Verbrechen geschehen, würde er dann eine Wohnung darin kaufen, und zwar genau die, in der es sich zugetragen hat? Eine allgemeine Liebe zum Makabren, die sie im Übrigen bei Daniel bisher

125

nicht im Mindesten hatte feststellen können, würde dafür wohl kaum ausreichen. Das war seltsam. Es klang ziemlich krank, fand Sophia. »Krank« passte so gar nicht zu Daniel.

War es möglich, dass Daniel irgendwie in diese Geschichte involviert war? War es wahrscheinlich? Gab es eine harmlose Erklärung dafür? Etwas, wie: »Natürlich wusste ich, was damals passiert ist, aber der Kaufpreis für das Apartment war so unverschämt günstig, da musste ich einfach zugreifen?«

Es mochte Menschen geben, die so dachten, vielleicht nicht einmal wenige, aber zu Daniel passte das nicht. Nie im Leben.

Trotzdem fing sie an, einem Gedanken nachzuspüren, den sie anfangs so unmöglich fand, dass sie ihn am liebsten vor sich selbst verheimlicht hätte.

Sie überlegte, einfach zu gehen. Einfach auszuziehen, abzuhauen, wohin, würde sich finden. In dem Augenblick, da sie versuchte, es sich wirklich vorzustellen, kam es ihr vollkommen verrückt vor. Es genügten wenige Änderungen an der Geschichte, und es blieb nichts von ihr übrig. Woher bezog sie denn ihr Wissen darüber, wo der Mord an Nadja Perlmann stattgefunden hatte? Von einer Person mit dem Namen »Lulu«, die vor zehn Jahren einen wichtigtuerischen Kommentar in einem abseitigen Thread auf Reddit hinterlassen hatte. Die Annahme jedenfalls, Informationen von »Lulu« seien ernst genug zu nehmen, um ihr gerade begonnenes, neues Leben wegzuwerfen, ließen allein Zweifel an ihrem eigenen

Geisteszustand zu. War sie nicht einem klassischen Online-Phänomen aufgesessen? Wenn zum Beispiel jemand ein Ziehen in der Brust fühlte oder einen komischen Fleck unter der Achselhöhle entdeckte, musste er nur lange genug im Internet nachforschen, um zu der unumstößlichen Diagnose »Krebs im Endstadium« zu gelangen. War ihr, bei nur geringfügig anderer Ausgangslage, gerade das Gleiche passiert? Was, wenn sie die ganze Geschichte um Nadja Perlmann nur entdeckt hatte, weil sie so eine Geschichte entdecken wollte? Natürlich, wahrscheinlich hatte sich das alles mehr oder weniger so zugetragen, aber bedeutsam war es für Sophia einzig, weil sie unterstellte, ihr Daniel habe etwas damit zu tun, wobei »etwas« heißen sollte, etwas Schreckliches. Und ebendies war eine bloße Unterstellung.

Es gab nur eines, worauf sie sich verlassen durfte, nämlich ihre eigene, unmittelbare Wahrnehmung. Daniel war ein gelassener, souveräner Mann, ein Künstler hohen Ranges, der – trotz Luxusapartment und anspruchsvollem Lebensstil – ein bescheidenes, ganz der Musik gewidmetes Leben führte. So simpel ausgedrückt, klang auch das wie eine Lüge. Sie musste versuchen, sich an alles zu erinnern, was sie über sein »Vorleben«, wie er es genannt hatte, wusste. Vielleicht war da mehr, als ihr im Augenblick bewusst war.

Sophia hatte genau zweimal Kontakt zu Menschen aus Daniels Vergangenheit, und seine Beziehungen zu ihnen stellten sich beide Male keineswegs als einfach heraus. Sie wollte sich diese Begegnungen genauer vornehmen. Vielleicht brachten sie ihr Aufschluss, wenn sie sie nur genau genug untersuchte.

Schon bei ihrem ersten Spaziergang hatte Daniel seine Tochter Marie erwähnt. Sophia war etwas zurückgeschreckt, als er es tat. Sie war nicht sicher, ob Daniel es bemerkte, und trotzdem bedauerte sie es. Natürlich hatte sie nichts gegen Marie, die sie ja noch gar nicht kannte, und erst recht nichts gegen die bloße Tatsache, dass Daniel ein Kind hatte. Ihr Schrecken betraf allein die Komplikationen, die das möglicherweise auslösen konnte. Sie wusste, wovor sie sich fürchtete. Sven war Vater zweier Söhne, und in den acht Jahren, die sie versucht hatten, eine eigene, neue Familie zu werden, waren die immer wieder aufflammenden Streitereien zuerst mit der Mutter und später auch mit den Jungs schließlich die Ursache ihres Scheiterns. Jedenfalls erschien Sophia dies so. Wenn sie ehrlich war, sah sie darin den eigentlichen Grund für das Scheitern ihres Zusammenlebens mit Sven. Sie hatten nie einen Weg gefunden, der allen gerecht geworden wäre. Und am Ende hassten alle einander. Svens Söhne Sophia, sie deren Mutter und am Ende auch Sven, von dem sie unendlich enttäuscht war. Ihre Therapeutin sagte, eine »Ent-täuschung« könne eine gute Sache sein, und sie trennte beim Sprechen hörbar die erste Silbe von den folgenden, um dann zu erklären: Eine Ent-täuschung sei der Verlust einer Täuschung, also komme man mit jeder Enttäuschung der Wahrheit ein

Stück näher. Sophia kannte das schon und hielt gar nicht erst dagegen, ihr sei die Täuschung hundertmal lieber gewesen als die Wahrheit, mit Sven nicht zusammen sein zu können, weil das zu viele andere auch wollten, oder auch nur, dass sie es nicht mehr war.

Falls Daniel ihr Zurückschrecken nicht gleich bemerkt haben sollte, fiel es ihm bestimmt schon wenig später an ihrem Verhalten auf. Als Musiker war er gut darin, auch kleinste Tempowechsel zu registrieren. Jedenfalls fühlte er sich anscheinend verpflichtet zu erklären, wie sein Verhältnis zu Marie war und zu Nicole, Maries Mutter. Er versuchte, es herunterzuspielen, aber natürlich gab es auch zwischen ihm und seiner Exfrau die üblichen Scherereien.

Nicht gleich zu Beginn, aber immer wieder, wenn das Gespräch darauf kam, ergab sich für Sophia allmählich ein Bild.

»Wir sind seit drei Jahren geschieden, haben aber das gemeinsame Sorgerecht für Marie behalten. In der ersten Zeit der Trennung klappte der Umgang ziemlich reibungslos, doch seit Nicole in einer neuen Beziehung lebt, werden die Schwierigkeiten immer größer«, sagte Daniel, und:

»Ihr neuer Mann will mich von seiner Familie, zu der er auch Marie zählt, fernhalten, und er besitzt die Mittel dazu. Er bezahlt Nicoles Anwälte, die in ihren Briefen den Ton unserer Konversation bestimmen, kompromisslos, kalt und ohne jedes menschliche Verständnis.«

Wegen seiner Konzertreisen könne er die von Nicole gewünschten sogenannten festen Umgangszeiten nicht einhalten. Seiner Exfrau, anfangs vermied er es noch, sie bei ihrem Vornamen zu nennen, sei das selbstverständlich bekannt, was sie aber nicht daran hinderte, ihm immer wieder Vorwürfe deswegen zu machen. Derzeit herrsche Funkstille, und sein Anwalt habe ihm geraten, nicht zu forsch vorzugehen, weil die Versäumnisse eher auf seiner, Daniels, Seite lägen. Er wolle aber versuchen, demnächst etwas mit Marie zu unternehmen. Das Symphonieorchester plane ein Kinderkonzert, es würde *Das schlaue Füchslein* von Janáček gespielt, und er wolle unbedingt mit Marie dorthin gehen.

Sophia machte von Anfang an klar, dass sie ihn unterstützen wollte und natürlich auch zu dem Konzert mitkomme, wenn er sich das wünsche. Natürlich wollte er das, und so wurde die Vorbereitung eine gemeinsame Sache zwischen ihnen, die Sophia mit gemischten Gefühlen betrachtete, weil sie fürchtete, wieder zwischen die Fronten zu geraten. Sie verschwieg Daniel, was sie mit den Kindern von Sven erlebt hatte, so, wie sie überhaupt die Beziehung zu Sven unerwähnt ließ.

Das Treffen mit Marie stellte sich als komplexe Angelegenheit heraus, die akribische Vorbereitung verlangte. Nachdem es immer wieder zu Missverständnissen kam, wurde sie den Anwälten übertragen. Sie handelten eine schriftliche Vereinbarung aus, die minutiös die Zeiten festlegte, wann Marie abzuholen und wieder nach Hause zu bringen sei. Es war auch die Rede davon, welches Stück zu besuchen war, eben *Das schlaue Füchslein,* und dass für ausreichend Verpflegung und Pausen zu sorgen sei. Daniel musste versichern, dass das Stück für den Besuch einer Neunjährigen geeignet war. Nachdem die Vereinbarung unterzeichnet war, die Anwälte beider Seiten grünes Licht gaben, mietete Daniel einen Wagen, und er und Sophia fuhren nach München-Solln, um Marie abzuholen.

Es war ein schöner Samstagvormittag, warm und frühlingshaft. Daniel fürchtete, es könne deshalb in letzter Minute der Einwand kommen, bei diesem Wetter sollte Marie den Tag besser im Freien verbringen, doch alle Telefone blieben ruhig.

Während sie die Wolfratshauser Straße stadtauswärts Richtung Süden fuhren, stieg die Anspannung, als wagten sie sich in feindliches Territorium vor.

Daniel sprach eigentlich nicht besonders schlecht über seine Exfrau. Sophia interessierte es, wie Daniels Ehe auseinandergegangen war, aber sie konnte ihn darüber nicht so befragen, wie sie es eigentlich wollte. Er wich aus, sie spürte, er hatte es nicht verwunden. Außer den üblichen Floskeln war von ihm darüber kaum etwas zu erfahren.

»Hat sie sich in den Arzt verliebt und ist gegangen?«, fragte sie ihn einmal.

»Ehrlich, ich weiß es nicht«, war alles, was er darauf

sagte, und wie er es sagte, enthielt die Bitte, nicht weiterzuforschen.

Sophia vermutete, so war es gelaufen. Er auf Konzertreisen, die schöne Nicole, viel allein unterwegs, und dann plötzlich in den Armen des Chefarztes. Praktischerweise hatte auch er gerade seine Familie verlassen. Mit seinem Geld konnte er aus den Ruinen zweier Familien eine neue machen.

»Vor ungefähr einem Jahr sind sie dort hinausgezogen. Wirst es ja gleich sehen. Arztvilla. Manchmal macht Geld alles gut. Wenigstens scheinbar«, sagte Daniel.

Das Viertel, in dem sich Nicoles neues Zuhause befand, zeugte von alteingesessener Bürgerlichkeit. Die Siedlungsstraßen waren gitterförmig angelegt, dazwischen lagen großzügig bemessene Grundstücke, viele von ihnen mit imposanten Laub- und Nadelbäumen bewachsen. Die ältesten Häuser stammten aus den Neunzehnhundertzwanzigerjahren, doch auch fast alle späteren Jahrzehnte waren vertreten. Nur zwischen den Dreißiger- und den Fünfzigerjahren fand sich eine Lücke, die allerdings kaum auffiel, wenn man nicht näher hinsah. Alles hier ließ auf Beständigkeit und Wohlstand schließen.

»Sieh dir das an …«, sagte Daniel halblaut, als durchquerten sie ein Katastrophengebiet. »Und die Autos!«

SUVs aller Art, viertürige Familien-Porsches, Maseratis, getunte Luxusvans.

Das Haus des Unfallchirurgen war eine aufwendig

renovierte Villa im modernistischen Stil der Fünfzigerjahre.

Das Gartentor zur Einfahrt vor die Garagen stand offen, aber Daniel parkte auf der gegenüberliegenden Straßenseite.

»Willst du nicht hineinfahren?«, fragte Sophia.

Er sah sie beinahe empört an.

»Damit mir ihre Anwälte dann eine Anzeige wegen Hausfriedensbruchs schicken?«

Sophia glaubte, er übertrieb.

»Würde sie das tun?«

»Sie vielleicht nicht, aber er bestimmt. Vielleicht sehen wir ihn ja gleich. Dann wird dir alles klar sein.«

Doch sie bekamen ihn nicht zu sehen. Sie saßen noch im Auto, als Nicole und Marie schon aus der Haustür kamen, beide entspannt lächelnd, Nicole ein wenig hinter Marie, eine Hand auf ihrer Schulter. Es wirkte fast so, als wollte Nicole mitkommen. Aber das war natürlich nicht der Fall.

»Steigst du mit aus?«, fragte Daniel Sophia.

»Soll ich?«, fragte sie zurück.

»Wahrscheinlich besser, du bleibst sitzen«, sagte er und löste den Gurt.

Sophia beobachtete die Übergabe Maries vom Wageninneren aus. Nicole schickte Marie mit einem angedeuteten Klaps zu Daniel. Sie lief ihm entgegen und umarmte ihn, was er etwas zerstreut erwiderte, denn er sah zu Nicole hin. Sie grüßte ihn freundlich lachend und streckte ihm die Hand entgegen, hätte aber wohl auch gegen ein Begrüßungsküsschen nicht protestiert.

133

Daniel schien angespannt und etwas perplex und war es sicher auch.

Sophia konnte sich ein süffisantes Schmunzeln nicht verkneifen. So machte man das also. Die Anwälte schrieben die Horrorbriefe, und man selbst stand entspannt lächelnd am Straßenrand.

Marie stieg hinten in den Wagen.

»Hallo, Marie, ich bin Sophia«, sagte Sophia.

»Ich weiß«, sagte Marie.

»Soll ich zu dir nach hinten kommen?«

Sie zuckte die Achseln.

»Wenn du magst.«

Sophia stieg aus, um vom Beifahrersitz auf den Rücksitz neben Marie zu wechseln. Nicole beobachtete die Szene und nickte Sophia aufmunternd und anerkennend zu.

»Macht euch einen richtig schönen Nachmittag«, sagte sie zu Daniel, aber so, dass Sophia es hören konnte. Daniel empfand den Plural, den sie verwendete, sichtlich wie einen Segen. Dennoch dauerte es auf der Fahrt zurück in die Stadt eine ganze Weile, bis er sich wieder fing. Über die Gründe zu sprechen war in Anwesenheit Maries natürlich nicht möglich, aber Sophia verstand auch so, dass er sich vorgeführt fühlte. Wie man sich zivilisiert benimmt, hatte Nicole mit lässiger Geste demonstriert. Wenn jemand Schwierigkeiten machte, war es Daniel. So jedenfalls musste es, glaubte er wohl, Marie erscheinen. Die aber schien ganz zufrieden auf dem Rücksitz. Sophia fragte sie, ob sie denn schon einmal im Konzert gewesen sei.

»Schon oft«, antwortete sie, als sei das gar nichts Besonderes.

»Hast du deinen Papa schon mal spielen sehen?«

»Ja, klar!«

»Und kennst du die Geschichte vom schlauen Füchslein, die wir uns heute anschauen?«

»Nee.«

»Freust du dich darauf?«

»Ja, schon.«

Sie klang weder übermäßig begeistert noch ablehnend. Eher so, als wolle sie sich überraschen lassen.

In der Philharmonie im Gasteig hatte Daniel drei Plätze in der Mitte der ersten Reihe reserviert. Er selbst spielte nicht mit, er hatte sich extra freigenommen, um die Zeit mit Marie verbringen zu können.

»Ist das für Kinder?«, fragte Marie.

Sophia hatte sie sich bei der Beschäftigung mit dem Stoff auch gestellt, sie aber für sich behalten. Sie wollte Daniel nicht noch mehr Scherereien machen. Daniel schien die Frage etwas zu irritieren. Vielleicht fürchtete er Nicole dahinter.

»Du siehst ja. Es sind ganz viele Kinder hier.«

Das stimmte. Die Philharmonie war fast ausverkauft.

»Es ist eine Fabel. Weißt du, was das ist?«

»Eine Geschichte mit Tieren, die sich wie Menschen benehmen.«

»Sehr gut!«

»Wie lange dauert es?«, fragte Marie noch, bevor es anfing.

135

Daniel lachte.

»Eine Stunde ungefähr. Aber keine Sorge, das wird nicht langweilig. Und danach machen wir, was du willst, einverstanden?«

Marie nickte.

Während die Musiker ihre Plätze einnahmen und begannen, ihre Instrumente einzuspielen, erklärte Daniel ihr begeistert, *Das schlaue Füchslein* sei eigentlich eine Oper, die aber für das Symphonieorchester arrangiert wurde, und was das bedeutete. Das Stück werde ohne Worte gespielt, und vor jeder Szene kurz deren Inhalt erzählt.

Eine Schülerin, nur ein paar Jahre älter als Marie, sehr hübsch als Füchslein verkleidet, kam auf die Bühne, sprach eine kurze Begrüßung und Vorrede, in der sie klarstellte, das schlaue Füchslein sei ein Mädchen, also eine junge Füchsin, und mit dem eindringlichen Hinweis endete: »Und vergesst nicht: Auch ein Füchslein ist ein Raubtier!«

Sie lief von der Bühne, und nun verdunkelte sich der Konzertsaal, bis es stockfinster war. So blieb es eine Weile, bis sich das aufgeregte Gewisper und Gezischel der Kinder legte.

Dann wurde es in der Bühnenmitte, zuerst kaum merklich, langsam heller. Dunstige Sonnenstrahlen erleuchteten träumerisch eine dicht umwaldete Lichtung. Sophia beobachtete die Wirkung des Bühnenbilds auf Marie. Es fing sie sofort ein. So, als wäre sie nun selbst in einem üppigen Zauberwald.

Eine Stimme aus dem Off fing an zu erzählen.

Es war Hochsommer und sehr heiß und die Luft so dick und stickig wie kurz vor einem Unwetter. Die Insekten spielten verrückt. Der Förster, ein nicht mehr ganz junger Mann mit Bäuchlein und geröteten Wangen, war von seinem Streifzug im Wald völlig geschafft. Er war ein ganz normaler Mann. Das bedeutete nicht unbedingt, dass er ein guter Mann war.

Keuchend setzte er sich auf den Waldboden. Erschöpft dachte er über eine Ausrede nach, die er seiner Frau erzählen konnte, warum er so lange weg war. Hinter Wilderern wäre er her gewesen, würde er sagen. Dann nickte er ein.

Als er wieder aufwachte, in der Wirklichkeit oder im Traum, weil ihm ein kalter Frosch ins Gesicht sprang, entdeckte er die junge Füchsin im Gebüsch. Ihre Augen erinnerten ihn an die des Zigeunermädchens Terynka, das er neulich einmal, nur flüchtig, gesehen hatte. Das schlaue Füchslein war noch klein, und dem Förster fiel es nicht schwer, es zu fangen. Er brachte es zu sich nach Hause, wo die Försterin wartete.

Sie zeigte sich von seinem Mitbringsel wenig begeistert und befahl ihm, er solle es erschießen und einen Muff für sie daraus machen.

Das wollte der Förster nicht, aber er musste seiner Frau demonstrieren, dass er sich nicht etwa in die Füchsin verliebt hatte. Deshalb hielt er sie ab sofort in Gefangenschaft.

Sie musste einiges ertragen, Kinder ärgerten und quälten sie, und der Dackel des Försters hörte nicht auf, sie mit Annäherungsversuchen zu belästigen. Besonders aber betrübte sie der Anblick der dummen Hühner, die sich der Förster hielt. Sie konnten sich ein Leben in Freiheit und ohne Hahn noch nicht einmal vorstellen.

Das Füchslein wollte das ändern. Es war zwar angeleint, lockte aber die Hühner mit einer flammenden Rede zu sich:

»Genossinnen! Schwestern! Das wird nicht länger geduldet, wenn der Umsturz kommt! Schafft eine bessre Welt ohne Mensch und ohne Hähne!«

Doch leider, die Hühner begriffen gar nicht, wovon das Füchslein sprach. Da verlor es die Geduld und biss ihnen, einem nach dem anderen, die Kehle durch. Auch dem Hahn.

Als der Förster aus dem Haus kam und das Blutbad entdeckte, geriet er außer sich.

Gerade noch rechtzeitig gelang es dem Füchslein, den Strick durchzubeißen und vor dem wütenden Förster in den Wald zu fliehen.

Das Füchslein sah sich nach einer neuen Bleibe um. Der geräumige Bau eines Dachses hatte es ihm angetan. Dort wollte es einziehen, wogegen der Dachs natürlich etwas hatte. Vor den übrigen Waldbewohnern bezichtigte sie ihn, er würde Schülerinnen zu sich in den Bau locken, angeblich, um ihnen Unterricht zu erteilen, in Wahrheit, um sich an ihnen zu vergreifen. Der Dachs floh vor der allgemeinen Empörung, und das kleine Füchslein zog in seinen Bau.

Ein Zeitsprung. Die Füchsin Schlaukopf ist erwachsen geworden und beeindruckt nun Reineke Herrn von Goldentupf-Tiefengrund zutiefst mit einer stark verharmlosten Version ihrer Geschichte – angeblich habe sie die Hühner bloß »gewürgt«. Gut, sie beeindruckte ihn auch noch mit ihren Augen und ihrer sympathischen, schüchternen Art. Das Ganze endet, wie es enden musste, in der Höhle der Füchsin. Bald schon wird Hochzeit gefeiert. Füchsin Schlaukopf und Reineke Herr von Goldentupf-Tiefengrund werden ein glückliches Ehepaar, das viele, viele Kinder bekommt.

Doch die Geschichte ist hier, leider, möchte man fast sagen, noch nicht vorbei.

Eines Nachmittags sehen wir den Förster am Waldrand entlangwandern, da kommt ihm der Landstreicher und Trunkenbold Haraschta entgegen. Sie grüßen sich und beginnen ein Gespräch, und Haraschta prahlt damit, dass er es ist, der Terynka zur Frau nehmen wird. Was dürfte der Förster gegen Haraschtas Heiratspläne einwenden? Sie gehen ihn ja offiziell nichts an. Er begnügt sich also damit, Haraschta, den er auch der Wilderei verdächtigt, zu ermahnen. »Ich bin der Herr im Walde, du aber ein Habenichts!«

In dem Augenblick entdeckt der Förster eine Spur der Füchsin Schlaukopf. Einen Hasen hat sie gerissen. Wütend begibt er sich auf die Jagd.

Es dauert nicht lange, bis Haraschta auf einer Lichtung die Fuchsfamilie entdeckt, deren viele Kinder im Spiel herumtollen. So, wie eingangs die Frau des Försters hoffte, aus dem Füchslein könne ein Muff für sie werden, entzückt nun Haraschta die Vorstellung, seine Braut mit einem zu beschenken. Haraschta lädt seine Büchse, schießt in das Fuchsrudel und trifft die Füchsin Schlaukopf. Sie bleibt sterbend liegen.

Einige Tage später sitzen die vornehmen Herren des Dorfes wieder an ihrem Stammtisch in der Wirtschaft. Die Stimmung ist gedrückt. Die Frau ihrer Träume heiratet an diesem Tag einen anderen, und der Förster ist seiner Frau nach wie vor einen Muff schuldig. Während die anderen sich in Selbstmitleid baden, rafft sich der Förster noch einmal auf. Er geht in den Wald und sucht genau die Stelle auf, an der ihm zum ersten Mal das schlaue Füchslein begegnete. Wieder herrschte diese Schwüle, die ihn schon zu Beginn so schläfrig und träumerisch gemacht hatte. Er erinnerte sich, wie er die schöne Füchsin einst im Wald auffand, sie küsste … oder war das nur ein Wunschbild, das ihm seine verwirrten Sinne eingaben?

Alles war wieder wie am Anfang. Sogar ein kalter Frosch springt ihm wieder ins Gesicht, doch der Förster wischt sich nur kurz mit der Hand darüber und schläft weiter.

Das Stück war zu Ende. So allmählich die Saalbeleuchtung hochfuhr, hob auch der Applaus an, wurde dann immer befreiter und bald völlig hemmungslos. Die Kinder schienen von der Tatsache, es überstanden zu haben, nicht weniger begeistert als von der Aufführung. Auch Marie applaudierte ausdauernd, wirkte dabei aber seltsam entrückt.

Auf dem Weg nach draußen brachte Daniel noch einmal die Frage auf, ob sie nun noch etwas unternehmen wollten, zum Beispiel in den Park gehen, ein Eis essen, oder ins Deutsche Museum. Doch obwohl Marie diese Vorschläge nicht ausdrücklich ablehnte, gingen sie ins Leere. Sie wirkte auf Sophia, als sei sie vollkommen bedient. Daniel gab es schließlich auf.

»Oder willst du lieber wieder nach Hause?«

Marie nickte umstandslos.

Daniel war bedrückt deshalb. Sie gingen zum Auto, und auf der Heimfahrt herrschte eine merkwürdige Stimmung zwischen den dreien. Sophia fühlte sich völlig zerschlagen. Daniel sprach fast nicht und schien sich zwingen zu müssen, gute Laune vorzuspielen. Sophia überlegte, wie sie mit Marie ins Gespräch über das Stück kommen konnte. Ungereimtes Zeug übers Fressen und Gefressenwerden, über das Lieben und Betrügen, über Macht und Ohnmacht, über den ewigen Kreislauf der Natur, die Selbstüberschätzung des Menschen, und vieles mehr ging ihr durch den Kopf. Aber wie konnte sie darüber mit Marie sprechen, ohne sie noch mehr zu verwirren?

Daniel rief Nicole an, er würde Marie etwas früher als vereinbart zurückbringen. Ob das in Ordnung sei. Es war nur ein ganz kurzes Gespräch, sie schien nicht überrascht zu sein und machte keine Schwierigkeiten.

Sie parkten wieder auf der gegenüberliegenden Straßenseite vor der Einfahrt. Nicole hatte sie kommen sehen und stand schon bereit.

Der Abschied war freundlich, aber längst nicht so innig, wie sich Daniel das wohl erhofft hatte. Immerhin fragte Marie:

»Wann sehen wir uns wieder, Papa?«

Daniel gab die Frage mit einem Blick an Nicole weiter.

»Das werden wir sehen, Schatz«, sagte sie zu ihrer Tochter gewandt.

Nicole fragte nicht, wie es gewesen war, sie winkte knapp, und nahm Marie mit sich ins Haus.

Auf der Rückfahrt explodierte Daniel buchstäblich. Beim Fahren schrie er gegen die Windschutzscheibe heraus, was sich in ihm aufgestaut hatte, während der Aufführung und die ganze Zeit danach.

»Diese Idioten!«, brüllte er. »Was denken die sich dabei, so was auf die Bühne zu bringen! Eine blutige Hinrichtungsszene! Spinnen die? *Wollen* die unbedingt, dass morgen sämtliche Eltern auf der Matte stehen?«

»So schlimm wird es schon nicht werden«, wandte Sophia ein, doch das brachte ihn nur noch mehr auf.

»Du hast keine Ahnung, wie Eltern heute sind. Die verklagen das Orchester, das Land, den Staat, wenn sie wollen! Und dann erst die Szene mit dem Dachsbau.«

Sophia fand, er übertrieb maßlos. Und selbst wenn er recht behalten sollte, warum regte er sich so auf? Er hatte das doch gar nicht zu vertreten.

»Aber du kanntest das Stück doch?«, fragte sie ihn.

»Ja. Die Musik. Ich kenne die Musik ziemlich genau. Und das Stück natürlich auch. Aber daraus lässt sich doch alles Mögliche machen. Ich meine, wenn man das für Kinder inszeniert, dann muss man doch nicht gerade die heikelsten Aspekte daran so in den Vordergrund stellen. Mord und Totschlag! Kindesmissbrauch! Verleumdung! Entrechtung! Was soll das denn?«

»Das war ja nun nicht alles, worum es ging.«

»Ich fand, es war genug.«

»Glaubst du, Marie will dich verpetzen?«

»Nicole wird sie ausfragen, da bin ich mir sicher. So, wie sie gerade drauf war bei der Verabschiedung, hat sie schon Lunte gerochen. Sie plant was, wart's ab.«

»Das glaube ich nicht. Das ist eine Verschwörungstheorie.«

Sophia täuschte sich. Nicoles Anwälte, von denen einer, angeblich zufällig, die gleiche Aufführung besucht hatte, schrieb schon wenige Tage später an Daniel einen Brief, in dem er mitteilte, der Umgang mit Marie müsse vorerst unterbleiben. Sie habe nach dem Besuch der Aufführung von *Das schlaue Füchslein* einen verstörten Eindruck gemacht und befinde sich aktuell in kinderpsychologischer Behandlung. Anders, als von ihm dargestellt und als der Titel vielleicht vermuten lasse, erzähle das Stück von sexueller Begierde, Gewalt, Fressen und Gefressenwerden, Denunziation, Missbrauch und Betrug, und dies alles auf eine Weise, die es unter gar keinen Umständen für eine Neunjährige, die so sensibel ist wie Marie, geeignet erscheinen lassen.

Die Auswahl des Stückes wecke erhebliche Zweifel daran, der Umgang mit Daniel sei dem Kindeswohl förderlich.

Daniel war außer sich wegen dieses Briefes. Auch nach Wochen hatte er sich noch nicht wieder beruhigt und beauftragte seine Anwältin, eine »Gegenoffensive« auszuarbeiten, aber ihre Vorschläge erschienen ihm alle zu lasch. Sophia wunderte sich nicht darüber, dass er sich falsch verstanden fühlte, aber über seine Heftigkeit. Jetzt, nachdem sie wusste, wer Nadja Perlmann war, und was vielleicht, vor langer Zeit, in Daniels Wohnung stattgefunden hatte, genauer, an dem Ort, wo Daniels Wohnung sich heute befand, kam ihr in den Sinn, seine Erregung über die Orchesteraufführung habe vielleicht noch weitere und tiefer liegende Ursachen gehabt. So, als könne man ihm nichts Schrecklicheres vorwerfen, als »nicht normal« zu sein. Konnte sein, konnte aber auch nicht sein.

Nachträglich betrachtet, erschien es ihr bemerkenswert, wie stark er auf die Geschichte mit dem Dachs reagiert hatte. Aber konnte sie daraus irgendwelche Schlussfolgerungen ziehen? Und wenn ja, welche?

Es gab noch eine weitere Begegnung Sophias mit Daniels Vergangenheit, in der wiederum die Wohnung eine Rolle spielte. Das war der Besuch bei Daniels Eltern in Gauting gewesen, einem wohlhabenden Vorort von München. Dort war er aufgewachsen, in dem Haus, in dem seine Eltern heute noch lebten.

Daniel hatte nicht geplant, Sophia seinen Eltern

vorzustellen. Jedenfalls jetzt noch nicht. Es war einfach ein Besuch bei ihnen fällig, wie er ihr erzählte, und so entstand die Idee, sie könne doch mitkommen. Zuerst war ein Abendessen geplant, doch dann entschied man sich, wegen des geringeren Aufwands, für Kaffee und Kuchen. Über das bevorstehende Treffen sprach Daniel merkwürdig ironisch. Er fand es ein bisschen lächerlich, ihnen »seine neue Freundin« vorzustellen, so, wie er das seit mehr als dreißig Jahren immer wieder getan hatte.

»Die wievielte bin ich denn? Nur so, für die Statistik«, fragte ihn Sophia.

Er warf die Stirn in Falten.

»Ich weiß, das klingt jetzt blöd, aber ich habe aufgehört zu zählen.«

Sophia brach in schallendes Lachen aus.

»Der Julio Iglesias des Cellos?«, fragte sie.

Auch Daniel musste lachen.

»Nein, leider genau das Gegenteil. Es ist so lange her, dass ich mich nicht mehr daran erinnern kann.«

Sie lachten beide, unsicher, was das eigentlich bedeuten sollte, und beließen es dabei. Daniel vermutlich, weil er das Thema für vermintes Gelände hielt. Sophia, weil sie nicht den Anschein erwecken wollte, eifersüchtig zu sein.

Sie war nicht zu erpicht darauf, alte Liebschaften gegeneinander aufzurechnen. Sie wusste zu gut, wohin das führte, selbst wenn man sich den Anschein gab, das seien alles längst vergangene Geschichten.

Verflossene Liebschaften, Kinderkriegen, das waren

heikle Themen, und eben auch Elternbesuche. Zu den großen Rätseln ihrer Generation zählte sie die Tatsache, dass sich Männer, mit imposanter Muskulatur und einschüchternden Vollbärten ganz leicht zum Einknicken bringen ließen, wenn man sie nach der Beziehung zu ihren Eltern fragte. An der Art, wie sie darüber redeten, ließen sich leicht diejenigen herausfinden, die Therapieerfahrung hatten. Meistens war es ein Elternteil, das ihnen besonders zu schaffen machte, Mutter oder Vater. Ihre Abwesenheit oder ihre Allmacht, ihre Stärke oder ihre Schwäche, ihre Kompetenz oder ihre Inkompetenz, je nachdem, oder auch alles miteinander in Kombination. Mit der Frage, »Hattest du die Eltern, die Mutter, den Vater, die du dir immer gewünscht hast?«, brachte man zuverlässig auch die härtesten Kerle zum Weinen, und nur selten waren es Glückstränen, die sie vergossen. Daniel war nun nicht ihre Generation, jedenfalls nicht ganz, aber es genügten Sophia nur wenige Sätze, um zu ahnen, dass auch er sich in einem komplexen Verhältnis zu seinen Eltern befand. Am unbeschwertesten gingen diejenigen Liebhaber mit dieser Frage um, deren Eltern schon tot waren. Sie konnten darüber berichten wie über eine Sache, die ihren Abschluss gefunden hatte, gleich, ob ihr Bericht freundlich oder grimmig ausfiel. Anders verhielt es sich bei denjenigen, deren Eltern noch lebten.

Sophias Verhältnis zu den ihren war vergleichsweise unspektakulär. Sie brachten ihrer Tochter, seit sie von zu Hause ausgezogen war, so etwas wie ahnungslose Liebe entgegen. Ihr Vater war Angestellter im technischen Dienst und arbeitete im Rathaus der Kleinstadt, in der sie aufgewachsen war. Ihre Mutter war eine Hausfrau, die organisierte Bildungsreisen unternahm. Die Welt, für die Sophia sich entschieden hatte, war ihnen so grundsätzlich fremd, dass sie noch nicht einmal Abneigung gegen sie verspüren konnten.

Auch Daniel sprach anfangs freundlich und gelassen von seinen Eltern, sagte aber auch, sie seien »besonders«, wobei das nicht unbedingt schmeichelhaft klang.

Er sagte, für jemanden, der bald fünfzig sei, fühle es sich in gewisser Weise schon kompromittierend an, überhaupt noch Eltern zu haben.

»Warum willst du mich ihnen dann vorstellen? Willst du mir etwas sagen damit?«

»Du meinst, im Sinne von: Es ist etwas Ernstes?«

»Zum Beispiel.«

»Dafür brauche ich meine Eltern nicht. Nein, ich meine einfach nur, es könnte doch witzig sein.«

Sie fand nicht, es deute irgendetwas darauf hin, dass es witzig werden könnte.

Ein paar Wochen später war es dann so weit. Auf der Fahrt nach Gauting war Daniel ziemlich gestresst, auch wenn er es zu verbergen suchte.

»Du wirst mit Erstaunen beobachten können, wie ich mich in Gegenwart meiner Eltern binnen Minuten von einem weltbekannten Cellisten in einen blässlichen Musterschüler zurückverwandle«, sagte er.

Daniels Eltern erschienen ihr auf liebenswerte Weise bürgerlich. Ein feines, kultiviertes Ärzteehepaar um die achtzig, das in einer Siebzigerjahre-Villa von musealer Modernität lebte.

Sie nahmen Sophia freundlich und gelassen zur Kenntnis, wobei diese Kenntnisnahme sehr allgemein blieb. Zu Beginn sagten sie ein paarmal versehentlich Nicole zu ihr statt Sophia, was sie jedes Mal nachsichtig, aber doch bestimmt korrigierte. Nach einigen dieser kleinen Unfälle vermieden sie es, sie mit dem Vornamen anzusprechen, der ihnen offenbar immer wieder von Neuem entfiel. Wie auch immer sie heißen mochte, Daniels Mutter brachte ihr beim Auswählen und Servieren eines Kuchenstückes beinahe so etwas wie schwiegermütterliche Fürsorge entgegen.

Sophia wurde das Gefühl nicht los, die beiden spulten eine Routine aus fernen Zeiten ab, eine Art genetisches Programm, das, einmal ausgelöst, nicht mehr zu stoppen war. Ihr Sohn hatte eine Freundin mit nach Hause gebracht, also war sie zu behandeln wie seine potenziell künftige Ehefrau. Sophia dachte an das Nestbauverhalten von Vögeln, die ihr inneres Befinden dazu trieb, gleich, ob die äußeren Gegebenheiten Erfolg versprechend waren oder nicht. Sie dachte es, weniger abschätzig als traurig.

Das alles war für Daniels Eltern einmal real gewesen. Sie hatten eine Schwiegertochter gehabt und hatten immer noch eine Enkelin, die sie aber nicht mehr zu Gesicht bekamen. Deshalb auch der Versprecher, die Verwechslung von »Nicole« mit »Sophia«. Auf sie wirkte Sophia wie eine fehlerhafte Erinnerung, eine unvorhergesehene Abweichung. Diese Abweichung saß vor ihnen, und da es sich um eine sympathische junge Frau handelte, versuchten sie, sich höflich mit ihr zu arrangieren, auch wenn sie die Situation nicht ganz verstanden.

Und dann gab es da jene eine Stelle im Gespräch mit seinen Eltern an der Kaffeetafel, an die sie jetzt wieder dachte:

»Es war nicht immer leicht mit Daniel«, sagte sein Vater.

»Robert!«, mahnte seine Mutter ihn, indem sie die erste Silbe des Vornamens ihres Mannes in die Länge zog.

»Das darf ich doch sagen«, erwiderte er.

»Du sprichst über ihn, als wäre er noch ein Kind.«

»Er ist mein Kind. Die junge Dame soll doch wissen, mit wem sie es zu tun hat.«

»Robert!«

»Erst, seitdem wir ihm die Wohnung gekauft haben, sind die Dinge wieder ins Lot gekommen.«

»Aber das will sie doch gar nicht hören.«

Sophia hatte damals nicht verstanden, wovon überhaupt die Rede war. Verstand sie es jetzt besser? Seitdem seine Eltern Daniels Wohnung gekauft hatten, waren »die Dinge« also »wieder ins Lot gekommen«. Welche Dinge?

»Jeder braucht einen festen Ort im Leben. Und für Daniel ist das diese Wohnung«, war auch so ein Satz, den Daniels Vater sagte, und, »Es ist nicht immer leicht für einen jungen Menschen, seinen Weg zu finden. Zumal, wenn er ein so besonderes Talent hat«, ein weiterer, und seine Mutter vergaß nie, ihr »Robert« dahinterzuhängen.

»Brigitte hat recht. Wir müssen nicht so ernst reden. Viel besser wäre es, wir würden uns ein paar Fotos ansehen.«

»O nein, bitte keine Fotoalben. Meine Eltern haben ein ganzes Zimmer voll davon«, sagte Daniel.

Aber sein Widerstand war chancenlos.

»Deine Freundin soll nur sehen, was für ein begabter Junge du warst«, sagte seine Mutter.

Sophia verstand, warum Daniel die Fotos peinlich waren. Unzählige davon zeigten ihn von frühester Jugend an bei Konzertauftritten. Wie überrascht sie über sein Aussehen war. Daniel war dick gewesen! Dieser hagere, schlanke, feinnervige Mann war als Junge ein richtiges Pummelchen gewesen. Die Innenseiten der Hosenbeine wetzten an den Oberschenkeln aneinander. Er trug stramm sitzende Anzüge und Fliegen und immer das gleiche Lächeln im Gesicht, das eigentlich kein Lächeln war, sondern ein angestrengtes Grinsen, eine Grimasse.

Das Treffen dauerte nur wenige Stunden, und doch war Daniel hinterher vollkommen aufgebracht. »Vollkommen aufgebracht und vollkommen fertig«, so seine Worte. Gar nicht so viel anders wie nach dem Konzertbesuch mit Marie. Auch bei dieser Gelegenheit wunderte sich Sophia über die Heftigkeit seiner Reaktion. Was war es denn schon gewesen? Ein harm-

loses Kaffeetrinken mit zwei etwas tütteligen alten
Leuten, denen die Gegenwart nach und nach abhan-
denkam.

»Sie waren doch nett«, sagte sie.

»Nett! Hast du es nicht gehört? Du hörst es nicht.
Das ist nicht dein Fehler. Du kannst es nicht hören,
weil du unsere gemeinsame Geschichte nicht kennst.
Dir mögen sie wie freundliche alte Leute vorkommen,
harmlos. Aber sie waren Tyrannen, und ich war ihr
Gefangener. Und in gewisser Weise bin ich es immer
noch.«

»Du sprichst in Rätseln«, sagte sie, und ein wenig
sarkastisch, »außerdem bist du doch so talentiert.«

Es machte ihr Spaß, ihn zu reizen, sie wusste nicht
genau, warum. Vielleicht, weil sie ihn übertrieben
wehleidig fand.

»Pfff. Talentiert. Das waren viele andere auch.«

Er sagte nicht mehr, aber sie wusste, was er meinte.
Die Tortur des Übens als Kind hatte er ihr oft beschrieben. Seine Ohnmacht, das Abhören des Geüb-
ten durch den Vater. Sein gefürchtetes, »Das kann ich
ja besser!«, Daniel, so hatte er es ihr beschrieben, war
so etwas wie das Projekt seiner Eltern gewesen. Beide
waren sie begabte Musiker. Sie spielten in Laienorches-
tern, die sich durchaus hören lassen konnten. Doch
aus Daniel sollte mehr werden. Er bekam von Anfang
an die besten Lehrer, die besten Instrumente. Im
Gegenzug hatte er nicht gut zu sein, sondern heraus-
ragend, und das war ihm schließlich auch gelungen.

»Aber frage nicht nach dem Preis«, sagte er.

Die Frage sollte ihr rhetorisch erscheinen, also stellte sie sie nicht. Doch vielleicht meinte er mehr und anderes damit, als nur die endlose Qual des Probens und Lernens. Als sie darüber sprachen, hatte sie das nicht gedacht. Das dachte sie erst jetzt.

Sie solle ihn nicht für herzlos halten, wenn er das sage, heute seien seine Eltern liebe alte Leute, aber wenn er mit ihnen zusammen sei, käme es ihm vor, als kehre er in einen Traum zurück, nicht in einen seiner Träume allerdings, sondern in einen auf merkwürdige Weise gealterten Traum seiner Eltern. Er fühle sich dort draußen in diesem Haus so unwirklich, als wäre er ein Geist, ein Wiedergänger seiner selbst, und wenn er nur lange genug hinhorchte, höre er, ganz leise, sein eigenes Cellospiel von damals aus seinem Zimmer und das heiße Fluchen in seinem Kopf: »Nicht gut genug, nicht gut genug, nicht gut genug.«

Sophia zeigte sich verwundert. Die Artikel aus dieser Zeit über Daniels Spiel erzählten eine andere Geschichte. Sie vermieden den Ausdruck »Wunderkind«, aber was sie beschrieben, kam dem doch sehr nahe. Von Kindheit an bekam er Preise und Auszeichnungen, gewann Wettbewerbe, und auf den Fotos, die ihn als Kind auf der Bühne zeigten, lächelte er immer dieses eine, gleiche Lächeln.

Ihr kam wieder in den Sinn, dass er ihr eine Verwandlung in Aussicht gestellt hatte, als sie sich auf den Weg machten. Er hatte nicht übertrieben. Hinter dem

Daniel, den sie kannte, lag eine Vergangenheit, die ziemlich sicher ganz anders aussah, als sie vermutet hatte.

7.

Am nächsten Vormittag rief Daniel an. Sie wollte zuerst dem Impuls folgen, wieder nicht ans Telefon zu gehen, aber das konnte sie unmöglich tun. Was musste er denken? Aus seiner Sicht war alles unverändert, waren sie ein verliebtes, wegen einer Konzertreise kurzzeitig getrenntes Paar. Und was war schließlich schon passiert? Sie hatte gelesen und geschrieben und sich womöglich einen Haufen Zeug zusammenfantasiert, der nur in ihrer Einbildung existierte. Das war paradox. Selbstverständlich existierte Zusammenfantasiertes nur in der Einbildung. Es *war* Einbildung. Und doch wurde es für Sophia zunehmend realer. Nadja Perlmann hatte wirklich gelebt, war auf schreckliche Weise zu Tode gekommen, und Daniel war einmal vertraut mit ihr gewesen. Doch schon diese letzte Feststellung beruhte mehr auf einer Annahme denn auf sicherem Wissen. Auf den Polaroids sahen die beiden so vertraut miteinander aus. Aber was, wenn diese Aufnahmen zum Beispiel bei einem Fotoshooting für irgendeine gemeinsame Aufführung zustande gekommen waren? Das war natürlich eine weitere

Spekulation, für die keineswegs mehr sprach als für die erste.

Daniel klang am Telefon völlig arglos und so zuversichtlich wie immer. Er rief vom Flughafen Brüssel aus an und berichtete von der bevorstehenden Weiterreise nach London, wo sie heute Abend das nächste Konzert spielen würden. Noch einmal Smetana, Strauss, Schostakowitsch. Die Instrumente reisten getrennt und im Augenblick gebe es eine Unsicherheit, wo sie abgeblieben seien, aber sie würden sich schon wieder finden. Ihr Flug habe Verspätung, deshalb hingen sie fest, aber sie hätten ja auch noch den ganzen Tag Zeit.

Ob er denn schon wisse, wann er zurückkomme, fragte ihn Sophia. Es sollte sehnsüchtig klingen, und sie fand, es war gut gelungen. Aber sie ahnte selbst, die Frage war anders gemeint.

»Morgen Abend, wenn alles gut geht«, war die Antwort, »und ich freu mich wahnsinnig auf dich!«

»Und ich mich auf dich!«

Sie staunte selbst, wie natürlich und ungezwungen ihr das über die Lippen ging.

»Was treibst du denn so?«, wollte er wissen.

»Ich bin an einer neuen Romanidee. Das hat sich die letzten Tage schon angedeutet. Ich weiß noch nicht genau, ob sie trägt, aber ich kann an gar nichts anderes mehr denken.«

Sie glaubte beinahe selbst, was sie sagte.

»Das klingt inspiriert. Verrätst du mir schon was?«

»Dafür ist es noch zu früh, glaube ich. Wie gesagt, ich muss erst sehen, ob sie trägt.«

Das Ausmaß ihrer Lüge fühlte sich geradezu berauschend an. Aber aus irgendeinem Grund fiel sie ihr leicht. Sie bekräftigten beide noch einmal, wie sehr sie sich aufeinander freuten, und legten auf. Sophia fühlte sich auf teuflische Weise erleichtert, weil sie nun freie Bahn hatte. Bis morgen Abend hatte sie Zeit, um Entscheidungen zu treffen. Sollte sie die ganze Geschichte um Nadja Perlmann und Daniels Wohnung einfach vergessen? Sie konnte das gar nicht mehr ernstlich in Betracht ziehen. Es war keine Frage mehr. Sie musste wissen, woran sie mit Daniel war. Sie würde sich die Erlaubnis erteilen, in seinen Tagebüchern zu lesen. Vielleicht noch nicht gleich, aber bald, sehr bald. Es war eine Ungeheuerlichkeit, das zu tun, das war ihr bewusst. Aber diese Ungeheuerlichkeit war gerechtfertigt, denn Sophia war auf etwas gestoßen, das sie unmittelbar betraf. Ihre Sicherheit? Ja, ihre Sicherheit. Ihr war bewusst, diese Rechtfertigung konnte sich gegen sie wenden. Sie konnte lächerlich und kleinmütig erscheinen, wenn sich ihr vager Verdacht als Hirngespinst herausstellen sollte. Aber wenn es so war, dass Nadja Perlmann einen derart grausigen Tod gestorben war, Daniel sie kannte, und das alles an dem Ort, an dem sie sich gerade befand, stattgefunden haben sollte, war die Frage, was Daniel damit zu tun hatte, nicht mehr nur eine Sache der reinen Neugier. Und wenn an all dem nichts war, und es für alles einfache und unverfängliche Erklärungen gab, dann blieb ihr immer noch, für sich zu behalten, was sie getan hatte, beschämt zu schweigen, es einfach zu vergessen.

Konnte jemand, der sich ihr gegenüber so arglos und vertraut verhielt wie er, in irgendeine grauenvolle Angelegenheit verwickelt sein? Selbstverständlich konnte er.

Sie musste professionell vorgehen. Nicht so emotional wie beim ersten Mal, als sie Daniels Arbeitszimmer betreten hatte. Zugleich musste sie bitter über sich selbst lachen. War jemals jemand unprofessioneller gewesen als sie, bei dem, was sie gerade vorhatte? Sie nahm ihr Smartphone und ging entschlossen hinüber in den anderen Raum, geradewegs zu dem Regal, in dem die Tagebücher standen. Sie fotografierte sie, um sie später, wenn sie sie zurückstellte, wieder genau in die Position bringen zu können, in der sie sich befunden hatten. Sie entschied sich für das, von dem sie glaubte, es sei das aktuellste. Sie blätterte kurz darin. Daniel hatte eine schöne, gut leserliche Handschrift, die ein wenig altmodisch wirkte. Sie war gestochen gleichmäßig, so als habe er viel Mühe darauf verwandt, sie derart zu perfektionieren. Die Einträge waren datiert und gingen zurück bis in den Januar. Genau das, wonach sie gesucht hatte. Sie nahm es mit an den großen Esstisch im Wohnzimmer, setzte sich und schlug es mit aller Sorgfalt auf, um darin zu lesen, ohne Spuren zu hinterlassen.

Daniel schrieb in ausformulierten Sätzen. Keine Stichpunkte oder flüchtigen Notizen, kein Telegrammstil. Ordentlich reihten sich die Einträge aneinander, er schrieb alle zwei bis drei Tage, meistens drei bis fünf Seiten, selten länger oder kürzer. Daniel schrieb dieses Tagebuch, damit es gelesen werde, so viel schien Sophia sicher. Nur, wer war der Leser oder die Leserin, die er sich vorstellte? Sophia bestimmt nicht, das stand wohl fest. Sie hatte ihn sogar einmal darauf angesprochen, in einem Hotelzimmer, als sie ihn beim Schreiben beobachtete.

»Ich war, glaube ich, noch nie mit einem Mann zusammen, der Tagebuch schreibt. Schon gar nicht, wenn ich dabei war.«

»Wirklich? Nun, es gibt für alles ein erstes Mal. Bei mir ist das eine Angewohnheit aus meiner Jugendzeit. Ich glaube, ich wäre verrückt geworden ohne mein Tagebuch.«

»Und jetzt? Würdest du jetzt immer noch verrückt werden?«

»Ich glaube nicht. Aber es ist eine Gewohnheit. Sie ist mir geblieben. Es gibt mir Sicherheit, beruhigt mich. Das ist schön. Professionelle Schreiber wie du können darüber wahrscheinlich nur lachen.«

»Ganz und gar nicht. Ich lese gerne Schriftsteller-Tagebücher. Bleiben deine denn der Nachwelt erhalten?«

»Ich bezweifle, dass sich die Nachwelt dafür interessieren wird. Aber ich habe sie alle noch, das schon.«

Einige Zeit später, wieder zu Hause, hatte Sophia auch gesehen, wo. In Daniels Kellerabteil hatten sie, soweit sie sich erinnern konnte, Daniels Wanderschuhe gesucht, für einen Ausflug in die Berge. Sie sprachen nicht darüber, aber Sophia sah in einer Ecke einen großen weißen Müllbeutel, der mit Schreibheften, Kladden und Papieren vollgestopft schien. Das konnten nur die Aufzeichnungen sein, von denen er gesprochen hatte. Er bewahrte sie zwar auf, aber besonders großer Wertschätzung erfreuten sie sich offensichtlich nicht. Wenn Sophia jetzt daran dachte, musste sie zugeben, dass sie schon damals gerne, aus purer Neugier, darin herumgeschnüffelt hätte. Hatte sie sich am Ende die ganze Geschichte nur zurechtgelegt, um jetzt einen Grund dafür zu haben, der gut genug war? Das würde sich zeigen.

Sie begann zu lesen. Anhand der peniblen Datierung konnte sie leicht herausfinden, was Daniel geschrieben hatte, als sie sich kennenlernten.

… Ich stand auf dem ersten Treppenabsatz an einem weit geöffneten Fenster und sah auf den Platz vor dem Musiker-Eingang, bereit, sofort hinunterzueilen, sobald Sophia auftauchte, um das scheinbar zufällige Zusammentreffen herbeizuführen, als das ihr unsere erste Begegnung erscheinen sollte. Nach ein paar warmen, trockenen Tagen hatte es zu regnen begonnen, ein metallischer Geruch stieg vom Kopfsteinpflaster auf. Ein Musikerkollege mit einem Instrumentenkoffer auf dem Rücken kam auf einem alten schwarzen Herrenfahrrad angerollt. Unbeirrt von dem leichten Regen pfiff er leise vor sich hin, schob sein Rad in den Ständer neben dem Eingang und schloss es ab. Die Treppe hinauf nahm er zwei Stufen pro Schritt, und als er an mir vorüberkam, nickte er mir so flüchtig wie freundlich zu. Er schien sich gar nicht zu wundern, dass ich im Treppenhaus herumstand …

… Ich erkannte Sophia sofort, als sie unter den Arkaden zum Vorschein kam und auf den Musikereingang zusteuerte. Anders als auf den Fotos im Internet lächelte sie nicht, sondern wirkte in sich gekehrt und außerdem damit beschäftigt, das rutschig gewordene Pflaster zu meistern. Es war ihr erster Tag beim Orchester, und sie hatte bestenfalls eine vage Vorstellung davon, worin ihre Aufgabe bestehen würde. Ohne wirklich zu wissen, wie, hatte sie einen dicken Auftrag an Land gezogen und wollte es auf keinen Fall vermasseln.

Ich hatte ihren Namen im Internet recherchiert. Ich gerate immer noch in Panik, wenn sich irgendein Journalist für mich interessiert, und vermute immer gleich das Schlimmste. Aber ich hörte schnell auf, mir Sorgen zu machen. Sie gefiel mir sofort auf den Fotos. Auf ihrer Homepage und in einem Online-Magazin, für das sie eine wöchentliche Kolumne schrieb, gab es ein paar Bilder von ihr. Das Foto unter der Kolumne war besonders gelungen. Ohne viel Mühe bekam ich heraus, dass sie achtunddreißig und nicht verheiratet war, keine Kinder hatte. Sie veröffentlichte Artikel, Glossen, Kritiken, kleine Reportagen … es stand viel mehr über sie darin, als ihr vielleicht bewusst war, das ist ja meistens so …

… Ich wich vom Fenster zurück, obwohl sie nicht in meine Richtung blickte. Noch bevor sie durch den

Eingang trat, nahm ich Deckung hinter der nächsten Ecke des Treppenaufgangs.

… Nun galt es, sich zu beweisen, auch wenn sie keinen blassen Schimmer hatte, wie. Weil sie aufgeregt war und die ehrwürdige Umgebung als einschüchternd empfand, war es leicht für mich, sie zu beeindrucken …

… Wenn es ihr möglich gewesen wäre, hätte sie sich vermutlich verkrochen, aber jetzt wollte sie zeigen, dass sie gewandt war, der Situation gewachsen …

… Ich gab mich unbeschwert, arglos und hilfsbereit. Vom ersten Augenblick an kam es mir darauf an, die Illusionen, die sie sich über mich machte, zu fördern …

… Sophia war dankbar für die unvermutete offene Freundlichkeit …

Es war beunruhigend, verletzend, verwirrend, das zu lesen und sich zugleich darüber aufzuregen und schuldig zu fühlen, weil es nicht für sie bestimmt war. Sie überflog die Seiten auf der Suche nach ihrem Namen, und jedes Mal, wenn sie ihn fand, hielt sie den Atem an. Die Kälte, mit der er sie beschrieb, die Behauptung, er habe ihr Kennenlernen, das auf sie so zufällig gewirkt hatte, eingefädelt, sie sogar abgepasst. Sie ließ das eine Weile lang auf sich wirken. Aber so kam sie nicht weiter.

Wenn sie wissen wollte, was Daniel mit Nadja zu tun gehabt hatte, musste sie tiefer graben, buchstäblich, im Keller. Sie wusste, wo der Schlüssel hing, an dem Holzbrettchen neben der Tür. Wenn sie sich entschloss, das zu tun, würde sie es richtig tun. Sich in den Keller zu setzen und dort zu lesen, war zu gefährlich. Die Wahrscheinlichkeit, von einem anderen Hausbewohner dabei entdeckt zu werden, war zu groß. Sie nahm den Schlüssel von dem Brettchen mit den kleinen Häkchen neben der Tür und ging hinunter, sie war dabei alarmiert bis in die Haarspitzen. Sie beruhigte sich damit, dass, was sie tat, für jemanden, der sie nicht kannte, ja völlig unverdächtig aussehen musste. Eine Frau, die im Haus wohnt und einen weißen Müllsack mit irgendwelchem Kram drin aus dem Keller hochholte. Sie hatte den ganzen Tag, die ganze Nacht und sogar noch morgen Zeit zu lesen, so viel sie wollte. Alles, was sie tun musste, war, die Ruhe zu bewahren.

Genauso einfach, wie sie es sich vorgestellt hatte, ging es auch. Sie ging in den Keller hinunter, machte auch dort wieder Fotos, und hob dann, zuerst probeweise, den Plastiksack mit Daniels Schriften darin hoch. Er war schwer, aber sie konnte ihn tragen.

Dann stand der Sack vor ihr auf dem Esstisch in Daniels Wohnung. Er war ziemlich schmutzig. Sobald sie ihn zurück an seinen Platz gebracht hatte, würde sie sorgfältig alle Spuren beseitigen müssen. Zuerst wühlte sie aufgeregt in den Büchern, es waren Dutzende, und schnell fand sie heraus, welche älter waren, welche neuer. Die frühesten waren schwarz eingebundene Bücher mit roten Ecken und kariertem Papier. Diese chinesischen Dinger, in die Generationen von Jugendlichen ihre Herzen ausgeschüttet hatten und es vielleicht immer noch taten. Später hatte er sich dann für hochwertigere Produkte entschieden. Zu ihrer Überraschung enthielt der Müllsack aber noch viel mehr als nur Tagebücher. Alte Zeitungsausgaben, ausgeschnittene Artikel und einen dicken Packen maschinengeschriebener Manuskripte. Es war für sie auf den ersten Blick erkennbar, dass sie genau das gefunden hatte, was sie gehofft oder befürchtet hatte. Tatsächlich gehofft? Wenn, dann nur auf eine verdrehte Art, so, wie man manchmal hofft, etwas Schreckliches möge geschehen. Sie war sich sicher. Vor ihr lag die Antwort. Daniels Geschichte mit Nadja. Sie musste sie aus diesem Wust herausdestillieren. Sie hatte diesen Tag und die ganze Nacht dafür.

»Es wird mir schon niemand den Kopf abschlagen.«

Dieser Satz stand als erster über vielen Textanfängen des Manuskriptkonvoluts. Anscheinend hatte jemand versucht, etwas über Nadja Perlmann aufzuschreiben, das eine Art biografische Erzählung ergeben sollte. Es waren bestimmt über ein Dutzend solcher Anfänge, manche nur wenige Seiten lang, andere länger, bis zu zwanzig Seiten und darüber, spätestens dann brachen sie ab, meist mitten im Satz. Es waren eindeutig keine Computerausdrucke, sondern maschinengeschriebene Blätter. Wahrscheinlich waren sie also schon vor langer Zeit entstanden. Von Daniel oder von Max Färber geschrieben?, fragte sich Sophia. Vorläufig tippte sie auf Daniel. Das mit Max Färber war reine Spekulation. Sie wusste nicht einmal, ob die beiden sich gekannt hatten oder sich auch nur begegnet waren. Dieser erste Satz war angeblich der letzte, den Nadja Perlmann ihrem Vater an den Kopf warf, als sie an einem Morgen im August 1989 ihr Elternhaus für immer verließ. Ob das wirklich stimmte oder der makabre Einfall des Autors dieser Seiten war, ließ sich nicht erkennen. Jedenfalls hatte, wer auch immer sie geschrieben haben mochte, eine Art Heldinnenerzählung im Sinn gehabt, war aber nicht sehr weit gekommen damit.

»Es wird mir schon niemand den Kopf abschlagen.«

Nadja hatte sich den Satz in der Nacht, bevor sie auszog, sorgfältig zurechtgelegt, als sie vor Wut nicht schlafen konnte, und doch hatte sie nicht vorgehabt, ihn auszusprechen. Mit ihrer Reisetasche über der Schulter ging sie zum letzten Mal den schmalen, mit Natursteinplatten gepflasterten Weg zur Gartentür, so, wie sie ihn viele Jahre lang Tag für Tag als braves Schulmädchen gegangen war. Frühjahr um Frühjahr hatten ihre Eltern den Kampf mit dem Unkraut aufgenommen, das in den Ritzen dazwischen wuchs, und jetzt, auf einmal, war der Kampf entschieden. Ihre Eltern würden weiter das Unkraut jäten, und Nadja würde weggehen, für immer.

Warum also noch ein paar Gemeinheiten loswerden, die sowieso nichts mehr änderten? Doch dann hörte sie die Stimme ihres Vaters in ihrem Rücken, hörte, wie er ihr flehentlich ihren Vornamen hinterherrief. Noch ohne sich umgedreht zu haben, wusste sie, wie er dastand, in seinem kaffeebraunen Frotteebademantel, unrasiert und verstrubbelt, aber schon wieder alle Sorgen der Welt über seinem Haupt.

»Nadja!«

Sie fand, es klang, als stünde er an ihrem Totenbett. Und deshalb änderte sie für einen letzten Satz ihre Ansicht, drehte sich um, die Reisetasche dabei weiterhin über der Schulter, und sprach ihn genauso höhnisch aus, wie er gemeint war.

Als sie das fassungslose, gequälte Gesicht ihres Vaters sah, spürte sie noch einmal, wie stark die Kraft war, die sie zu ihm hinzog, einfach, weil er ihr Vater war.

Einen Augenblick lang wollte sie dem Impuls folgen, zu ihm zurückzukehren, ihn in den Arm zu nehmen und ihm alles zu erklären, doch schon im nächsten machte sie sich klar, dass es vergebens gewesen wäre.

Er, dieser Vorsitzende Richter am Landgericht, der nun im Bademantel jammernd vor der Haustür stand, begriff nicht, hatte nie begriffen.

Nadja kam mit Daniel immer wieder auf diese Szene zu sprechen. »Die Urszene ihrer Befreiung«, wie sie sie nannte. Daniel schien sie zu bewundern, sie als Vorbild zu begreifen.

Nadja tauchte zuerst noch nicht mit Namen, sondern nur als »sie« in den Tagebüchern auf. Soweit Sophia feststellen konnte, ab Januar 1989. Sie starb im August desselben Jahres, da kannten sie sich also nur etwas länger als ein halbes Jahr. Es dauerte wohl eine ganze Weile, bis sie sich nahe genug kamen, um überhaupt miteinander zu sprechen.

Die Manuskriptanfänge begannen wieder und wieder mit jenem ersten Satz und der Szene, die mit ihrem Vater im Bademantel und seinem Jammern endete. Dem Autor der Blätter schien jedes Detail daran wichtig zu sein. Er beschrieb sie immer wieder, malte sie aus, verfeinerte sie. Als komme es ihm darauf an, alle Hintergründe auszuleuchten, alle Aspekte und Nebenaspekte zu berücksichtigen. Nadjas Auszug von zu Hause, schrieb er, sei keine postpubertäre Trotzreaktion gewesen. Es sei der Moment gewesen, in dem sie sich erschaffen habe.

Ihre Eltern, so beschrieb es Daniel, waren eigentlich gebildete, gutmütige Menschen, die überhaupt nicht vorhatten, die Ambitionen ihrer Tochter zu unterbinden. Aber sie hatten unglaubliche Angst um dieses Kind, ihr einziges, das ihnen manchmal wie getrieben oder gar besessen schien. Dabei hatte Nadja doch nur den höchst vernünftigen Wunsch, ihre Grenzen kennenzulernen, um sie eines Tages überschreiten zu können.

Ihre Eltern, sagte Nadja, hätten immer nur das Ziel verfolgt, sich vor dem Leben zu schützen, jede vermeintliche oder echte Gefahr zu meiden. Ihr Ideal bestand darin, niemals zu weit zu gehen, Ordnung zu halten, die Dinge zu bewahren. Es ging ihnen gut dabei. Sie aßen und tranken reichlich. Sie hatten ihre hergebrachten Gewohnheiten und ihre langjährigen Freunde, die ihrerseits ihre hergebrachten Gewohnheiten hatten. Ihre Vorstellungen stimmten überein, und sie mussten richtig sein, denn sie hatten sich durchgesetzt. Ebendies war der Grund, warum Nadja für alles brannte, was diesen Vorstellungen zuwiderlief, was sie außer Kraft setzte, aus den Angeln hob, über den Haufen warf. Es kostete sie nicht viel Mühe herauszufinden, dass nichts die Welt ihrer Eltern mehr erschüttern konnte als Sex, vor allem dann, wenn ihre Tochter damit zu tun hatte, am besten in aller Öffentlichkeit.

Im Tagebuch schrieb er, es sei Nadja ein Genuss gewesen, in allen Einzelheiten zu beschreiben, wie sie mit der Theatergruppe ihrer Schule *Die Zofen* von Jean Genet einstudierte. Nadja trat als Solange auf, eine der Hauptrollen. Sie liebte es, ihm die kleine Komödie vorzuspielen, die sich ereignete, als sie ihren Eltern das Programmheft präsentierte, das die Gruppe selbst geschrieben und zusammenkopiert hatte. Nadja besaß es noch und las Daniel daraus vor. Der Text ging so:

»Wenn die gnädige Frau die Wohnung verlässt, schlägt die Stunde ihrer Zofen. Die einander in Hass und Liebe verbundenen Schwestern zelebrieren das Spiel ›Gnädige Frau und Zofe‹, ein Ritual von Herrschaft und Knechtschaft, Demütigung und Erduldung,

Unterdrückung und Willfährigkeit, aber auch Revolte. Durch eine anonyme Denunziation haben sie die Verhaftung des gnädigen Herrn bewirkt und können ihn nun in ihren heimlichen Träumen aufopfernd begleiten. Aufgeschreckt durch einen Telefonanruf, müssen sie jedoch erfahren, dass er wieder freigelassen wurde ...«

Nadja mimte das alarmierte Gesicht ihres Vaters.

»Wer spielt da denn noch mit?«, wollte er wissen und sah noch besorgter drein, als sie auch einen Männernamen nannte: Julian.

»Und dieser Julian spielt den gnädigen Herrn?«

»Nein, Julian spielt meine Schwester.«

Nadja genoss die Sekunden, in denen er sich zusammenbuchstabierte, dass dies selbstverständlich möglich, ja, wahrscheinlich nach den Regeln des Theaters sogar als besonders wertvoll und künstlerisch gelten musste.

Als Nadja ein paar Wochen später in einem knallengen Latexkostüm unter gleißenden Scheinwerfern auf der Bühne stand und auf ihre Eltern im Publikum herabblickte, konnte sie die Fassungslosigkeit hinter ihren steinernen Mienen förmlich spüren. Sie saßen in einer der ersten Reihen, sie bekamen es hautnah mit, wenn Nadja mit ihren Partnern spielte, sie berührte, küsste. Die Aufführung verursachte einen schweren Schulskandal, der die Leiterin der Theatergruppe in größte Bedrängnis brachte. Nadjas Eltern waren bestürzt und hielten sich doch merkwürdig bedeckt, machten ihr keine Vorhaltungen, weil sie wohl schon wussten, sie würden sie damit weiter von sich forttreiben.

Nadja vermutete, dass ihrem Vater auch im Verborgenen jede Form der sexuellen Ausschweifung vollkommen fernlag. Falls es so war, dass manche Männer, die autoritäre Macht repräsentierten, einen Hang zu sadomasochistischen Sexualpraktiken entwickelten, traf das allem Anschein nach auf ihren Vater nicht zu. Nadja wusste nichts vom Sex ihrer Eltern. Sie hatte davon nie etwas mitbekommen, nur einmal im Urlaub, auf einer Hütte in den Bergen. Die beiden hatten sich in ihrem Zimmer unbeobachtet geglaubt, doch durch einen Spalt in der Tür war zu sehen, wie ihre weißen Leiber in weißer Unterwäsche zärtlich miteinander rangen. Es war eine Szene von liebenswerter Unbeholfenheit. So war sie also gezeugt worden. Kaum zu fassen. Sie gab sich damit zufrieden, weil sie sich auch nicht weiter dafür interessierte. Es entging ihrem pubertären Gespür für Provokation aber nicht, welche Wirkung jede sexuelle Anspielung auf sie hatte. Noch die geringste traf sie wie ein elektrischer Schlag.

Nachdem sie gegangen war, hatte sie ihre Eltern nie wieder besucht, nie wiedergesehen und nur noch wenige Male am Telefon gesprochen. Immer waren es ihre Eltern, die anriefen. Wenn ihr Vater in der Leitung war, legte sie sofort auf. Mit ihrer Mutter führte sie einsilbige Unterhaltungen. »Natürlich geht es mir gut«, »Du machst dir Sorgen? Lass es doch einfach bleiben!«, »Schön, und ich vermisse euch nicht«.

Sie war wütend auf ihren Vater. Ihre Eltern erschienen ihr wie lebende Tote. Ihren Auszug hatte sie sorgfältig geplant. Sie wusste genau, an welchem Freitagmorgen es geschehen würde, ein paar Tage nach ihrem achtzehnten Geburtstag. Sie hatte alles vorbereitet, was sie dafür brauchte, ihre sämtlichen Ersparnisse von ihrem Sparbuch abgehoben und eine Reisetasche gepackt, die sie unter ihrem Bett versteckte.

Dabei waren ihre Eltern ihren Plänen gegenüber gar nicht ganz uneinsichtig gewesen. Sie allerdings hatte mit ihrer Ankündigung, Schauspielerin werden zu wollen, nicht die ganze Wahrheit gesagt. Was sie wirklich wollte, war etwas anderes. Sie wollte ins Nachtleben. Vielleicht bedienen, vielleicht irgendwo tanzen, warum denn nicht? Und es vielleicht bei irgendeinem Theater als Komparsin versuchen.

»Wenn du Schauspielerin werden willst, warum besuchst du dann nicht eine Schauspielschule?«, fragte sie ihr Vater.

Ihre Eltern versuchten durchaus, sich aufgeschlossen zu zeigen für die musischen Neigungen ihrer Tochter. Sie liebten das Konzert, die Oper und das Theater, aber das Theater war in die Hände einer Bande von verrückten Krawallmachern geraten, und sie versuchte, auch die Oper in ihre Fänge zu kriegen.

Doch ihre musischen Neigungen gefördert zu bekommen, war genau das, was sie am wenigsten interessierte. Dabei wollte sie gar nicht ausschließen, später einmal eine Schauspielschule zu besuchen, aber jetzt nicht. Ihr Vater wollte nur, dass sie möglichst schnell wieder auf einer Schulbank versauerte. Sie wollte jetzt erst einmal ein bisschen Spaß haben, echten, gefährlichen Spaß.

»Ich kann dich unterstützen«, sagte er. Aber sie wollte seine Unterstützung nicht. »Ich werde keine Bedingungen stellen«, flehte er, doch selbst, wenn er das ehrlich meinte: Wenn er sie unterstützte, war sie ihm Rechenschaft schuldig, und genau darum ging es ihr. Sie wollte niemandem Rechenschaft schuldig sein, am allerwenigsten ihren Eltern.

Sie waren bereit, sie machen zu lassen, was sie wollte, aber es war ihnen unverständlich, warum sie dazu ein derartiges Risiko eingehen musste. Sie konnte sich an Schauspielschulen überall auf der Welt bewerben und, falls sie aufgenommen wurde, in eine ordentliche Wohnung ziehen. Was war so schrecklich an dem Angebot ihrer Eltern, ihr zu helfen?

Daniel erklärte sie später, es sei damals um mehr gegangen als um eine postpubertäre Trotzreaktion. Es war der Moment, in dem sie sich erschuf. Es war nicht so, dass sie von »dunklen Mächten« getrieben wurde oder gar besessen war. Sie hatte den höchst vernünftigen Wunsch, ihre Grenzen kennenzulernen. Das konnte ihr nur gelingen, wenn sie sie überschritt. Ihre Eltern hatten immer nur das Ziel verfolgt, sich vor dem Leben zu schützen, jede vermeintliche oder echte Gefahr zu meiden. »Das geht zu weit«, war das schlimmste Verdikt, das sie zu verhängen hatten. Das also war es, was sie sich vornahm, zu weit zu gehen, in jeder Hinsicht.

Und noch etwas, was ihre Eltern nicht wussten:

Julian, der schwule Junge, mit dem sie in *Die Zofen* gespielt hatte, war schon in München und hatte dort eine Dachkammer gefunden, in der er wohnen konnte.

Julian war großartig. Er war Nadjas bester Freund, ihr Komplize und einer, bei dem sie sich beschützt fühlte. Einerseits. Andererseits hatte er ziemlich ähnliche Vorstellungen wie Nadja von dem, was echte Abenteuer sein könnten.

Schon, als sie noch bei ihren Eltern wohnte, übernachtete sie während ihrer gemeinsamen Ausgehwochenenden bei Julian im Dachgeschoss. Er nannte es den »Dachsbau«, weil es so dunkel und verwinkelt war.

Sie verstanden sich als Künstlerduo. Singen, Tanzen, Schauspielern, Sich-Verkleiden, Auftreten, das war es, was sie wollten. Sie verherrlichten die Zwanzigerjahre.

Schon in ihrem Jugendzimmer hatte sie sich einen Spaß daraus gemacht, sich einen großen schwarzen Dildo ins Regal zu stellen, neben den Kopf einer Schaufensterpuppe, über die sie eine Latexmaske gezogen hatte. Für ihre Eltern waren diese Gegenstände der Inbegriff des Grauens, und Nadja weidete sich an ihrem Entsetzen. Ihre Eltern verboten ihr zuerst, dieses Zeug anzuschleppen, aber Nadja drohte damit abzuhauen, wenn es ihr nicht erlaubt würde.

Was war schon dabei? Sie war eine junge Frau, die zu intelligent und zu neugierig war, um nicht dem bürgerlichen Tiefschlaf ihrer Eltern entkommen zu wollen.

Als Daniel, Jahre später, zum ersten Mal Nadjas

Zimmer im Dachgeschoss in der Hans-Sachs-Straße betrat, war es eingerichtet wie das Studio einer Domina. Nachdem sie eingezogen war, hatte sie eine Art Wunderkammer daraus gemacht, ohne dass darin jemals irgendetwas geschehen wäre. Kein Kuss. Kein Schlag. Das Zimmer schien eine Art umgekehrtes Museum gewesen zu sein. Nicht der Erinnerung an die Vergangenheit gewidmet, sondern der Beschwörung der Zukunft. Aber noch war alles Theorie. Die Begeisterung für die Boheme, den Dadaismus, den Modernismus, das Verbrechen, die Huren, das Kabarett.

Julian und Nadja bekamen erste kleine Engagements in Lokalen, die *Tanzlokal Größenwahn*, *Colosseum*, *Negerhalle* hießen. Sie sangen Couplets, Lieder von Brecht und Weill. Julian hatte einen Liederzyklus für Nadja arrangiert, inspiriert von Baudelaires *Die Blumen des Bösen*. Er hieß »Die Schlange beim Tanze« und wurde ein kleiner Bühnenerfolg.

Aber natürlich konnten sie davon nicht leben. Weil sie Geld brauchten, suchten sie sich Jobs im Nachtleben. Der schöne Julian fand einen gut bezahlten Platz hinter der Bar in der *Deutschen Eiche*.

Nadja versuchte es zuerst als Tänzerin. Einmal bekam sie sogar ein kleines Engagement bei dem Musical *Flashdance* am Deutschen Theater. Das war zwar lausig bezahlt, aber immerhin besser als ihre Auftritte an Off-Theatern, für die sie fast gar nichts bekam. Eigentlich aber konnte Nadja mit Musicals dieser Art nicht viel anfangen, und so suchte sie nach etwas für sie Passendem.

Sie wurde Bedienung im *Pimpernel*. Das *Pimpernel* war in der Szene angesehen, aber eigentlich verkehrte dort das, was in früheren Zeiten den schönen Namen »Halbwelt« trug. Nutten, Stricher, Transen, ihre Zuhälter und ihre Kunden. Kleinkriminelle, Volksschauspieler und Rockstars. Die Stimmung war aufgeheizt, immer am Brodeln, alle waren besoffen oder high oder beides, und ununterbrochen spielten sich Liebes- und Eifersuchtsdramen ab, bekam jemand einen Teller Nudeln ins Gesicht oder ein Bier in den Ausschnitt gegossen, oder wurde für eine schnelle Nummer ins Klo abgeschleppt, wegen der sich ein paar andere dann eine Schlägerei lieferten.

Das *Pimpernel* gab es angeblich schon seit den Dreißigerjahren, und in Nadjas Augen verlieh es ihm besondere Würde, seit Generationen einer der verrufensten Orte der ganzen Stadt zu sein. Es lag nahe für sie, ihn zu ihrer Bühne zu machen, und sie tat es mit Begeisterung. Ihre Garderobe war ein einziger heilloser Lack-Leder-Latex-Federboa-Tüll-Samt-Netz-Wahnsinn, der sie zu einer begehrten Attraktion machte. Michelle, ihre Kollegin hinter der Bar, eine einsneunzig große Transe, war berüchtigt für die Ohrfeigen, die sie an zudringliche Gäste austeilte, und sie wachte über Nadja.

Nadja erregte das Interesse eines Stammgastes, den man in einer anderen Umgebung für einen eher farblosen, mittelerfolgreichen Geschäftsmann gehalten hätte und im *Pimpernel* für einen verklemmten Freier, aber so benahm er sich nicht. Er war beinahe jeden

Abend da und bekam immer denselben Platz. Normalerweise kümmerte sich Michelle um ihn, aber einmal winkte er Nadja zu sich, die ihrer Kollegin nicht in die Quere kommen wollte und sie deshalb fragte, was der Typ mit dem Schlips von ihr wolle.

»Weiß nicht, frag ihn selbst«, antwortete Michelle. »Der hat ein paar Läden im Bahnhofsviertel. Wenn er sich nicht anständig benimmt, gib mir Bescheid.«

Er bot Nadja an, sich zu ihm zu setzen.

»Keine Zeit, ich muss arbeiten, Schätzchen«, sagte sie.

»Genau darum geht es. Vielleicht habe ich da was für dich.«

Er war Nadja nicht im Geringsten sympathisch, und doch erweckte er ihre Neugier.

»Was solltest du mir anbieten können?«

»Setz dich, dann sage ich's dir.«

Sie setzte sich zu ihm.

»Ich beobachte dich schon seit einiger Zeit. Du bewegst dich gut, du hast Talent.«

Die Art, wie er das sagte, war widerlich, merkwürdigerweise freute es sie trotzdem.

»Talent, zu was?«, fragte sie, und versuchte, dabei so rotzig wie möglich zu klingen.

»Zum Tanzen. Und zum An- und Ausziehen.«

»Michelle!«

»Moment, Moment. Ich biete dir einen Job an.«

Nadja gab Michelle ein Zeichen zu bleiben, wo sie war.

»Was denn für einen Job?«

»Kennst du den *Pik-Ass-Klub?*«

»Bescheuerter Name. Nein, kenn ich nicht.«

Er zog eine Geldspange aus der Hosentasche und reichte ihr drei Hundertmarkscheine über den Tisch.

»Komm an deinem nächsten freien Tag vorbei, dann sprechen wir über alles.«

Nadja dachte an ihre Eltern, sie hörte sie geradezu flehen, das Geld nicht zu nehmen. Dreihundert Mark war eine Menge Geld, das sie gut gebrauchen konnte. Sie würde sonst was dafür tun müssen, das war ihr klar, aber es reizte sie herauszufinden, was genau dieses Sonst was sein sollte. Und leugnen, dass er es ihr überhaupt gegeben hatte, konnte sie immer noch. Sie nahm es. Er nannte ihr eine Adresse, und sie vereinbarten einen Tag und eine Uhrzeit.

Der *Pik-Ass-Klub*, fand sie eine Woche später heraus, war eine Rotlichtbar in der Schillerstraße, und der Mann bot Nadja an, als Striptänzerin aufzutreten.

»Wenn du dich gut anstellst, verdienst du an einem Abend mehr als im *Pimpernel* in einer Woche«, sagte der Mann. Sie sagte zu.

Als sie es Julian erzählte, war er zum ersten Mal skeptisch.

»Ist dir das nicht zu krass?«, fragte er.

War es nicht.

Julian verliebte sich in einen Mann und ging mit ihm nach Berlin. Er zog aus dem Dachsbau aus, und ein anderer Typ übernahm sein Zimmer. Er hieß Stephan Gundlach. Nadja fand ihn lustig. Aber er war auch ziemlich gaga. Er brachte Drogen ins Haus und seine Leidenschaft für das Okkulte. Sie schlief mit ihm, weil sie fand, sie könne unmöglich mit jemandem unter einer Mansarde wohnen, ohne wenigstens einmal mit ihm geschlafen zu haben. Sie hatte sogar einmal mit Julian geschlafen, einfach so, aus Freundschaft. Ab und zu ging sie mit Stephan feiern, aber sie fand ihn auch immer ein bisschen anstrengend.

An einem schlechten Tag konnte es passieren, dass er in einem verdreckten Frauennachthemd barfuß durch die Straßen des Viertels lief und fotokopierte Zettel mit wirren Gedichten verteilte.

Und dann, Anfang 1989, lernte Nadja Perlmann Daniel Keller kennen.

Seinen Eltern sagte Daniel, er würde an diesem Abend erst spät aus der Stadt zurückkommen. Sie müssten noch eine zusätzliche Probe für das Abschlusskonzert ihres Jahrgangs absolvieren. Abendliche Proben kamen in letzter Zeit öfter vor, Daniels Mutter war das nicht recht. Warum konnten sie nicht früher stattfinden? Sie hatte ihren Sohn gerne zum Abendessen bei sich zu Hause. Aber sie fügte sich. Daniel sollte alles tun, was von ihm verlangt wurde, um als Klassenbester abzuschließen. Die Chancen dafür standen gut.

Daniel sperrte sein Cello in seinen Instrumentenschrank in der Musikakademie. Es war kurz nach neunzehn Uhr, und es war kaum noch jemand im Haus. Auf dem Weg nach draußen hoffte er, niemandem zu begegnen. Hätte ihn jemand gefragt, ob er noch auf ein Bier mitgehen wolle, hätte er geantwortet, leider nein, er sei schon verabredet. Aber es fragte ihn niemand, und deshalb musste er auch nicht doppelt lügen. Er hatte keine Verabredung, und wenn, wäre es eine mit seinen Eltern zum Abendessen gewesen, die man wohl kaum so nennen konnte.

Daniel war neunzehn, hatte noch nie eine Freundin gehabt und auch noch nie mit einer Frau geschlafen. Eine erbärmliche Tatsache, fand er. Das einzig Gute an ihr war, dass niemand außer ihm davon wusste. Er kam auch nicht einmal in die Verlegenheit, mit irgendwem darüber zu reden, denn er hatte dafür niemanden. Er war mit ein paar Jungs befreundet, die mit ihm zusammen an der Hochschule studierten. Das heißt, seinen Eltern gegenüber behauptete er, er sei mit ihnen »befreundet«. Sie ließen sich herab, ein paar Worte mit ihm zu wechseln, das traf es wohl eher. Aber es ging nie über das hinaus, was man eben so redete: über die Stücke, die sie probten, die Instrumente, die sie spielten, über ihre Professoren. Seine Eltern wären gar nicht auf die Idee gekommen, er könnte eine Freundin haben. Er würde einmal eine Frau haben, das schon, aber jetzt sollte er sich ganz auf seine Ausbildung konzentrieren, denn nur, wenn er jetzt Spitzenleistungen zeigte, würde er das Cello zu seinem Beruf machen können. Im Gespräch mit seinen Eltern sprach Daniel ohnehin nur von Kommilitonen, nicht von Freunden, und über sie wollten sie eigentlich nur hören, dass Daniel ihnen beim Cellospiel überlegen war.

Er machte sich, wie jeden Abend, auf den Weg zum Hauptbahnhof. Von dort nahm er üblicherweise die S-Bahn nach Hause. Jetzt hatte er ein paar Stunden nur für sich. Seine Eltern glaubten, er probe, und in der Akademie wurde er nicht vermisst. Diese wenigen Stunden gönnte er sich in letzter Zeit öfter. Er konnte tun, was er wollte, und war niemandem Rechenschaft schuldig, noch nicht einmal sich selbst, denn offiziell gab es diese Stunden überhaupt nicht. Es war ein seltsames Gefühl, denn tun, was er wollte, das hatte er nicht gelernt. Er wusste gar nicht, was das eigentlich heißen sollte, aber er wollte es ausprobieren. Das heißt, eigentlich wusste er genau, was er wollte: eine Frau kennenlernen, eine Freundin haben. Nur wusste er nicht, wie er das anstellen sollte, in diesen wenigen Stunden, die ihm gehörten. Absurderweise beschäftigte ihn am meisten die Frage, wo er mit ihr hingehen könnte, wenn er denn eine kennengelernt hatte.

Auf der Suche nach einer Frau lief er am Hauptbahnhof vorbei, weiter in die Schillerstraße. Er hatte in der Abendzeitung gelesen, dass es dort eine Peepshow gab. Er traute sich nicht hineinzugehen, und besuchte stattdessen eine Spielhalle, warf Geld in einen Automaten, obwohl er gar nicht spielen wollte. Beim Hineingehen hatte er fürchterliche Angst, Bekannte seiner Eltern könnten ihn dabei sehen. Drinnen war er sicher, denn wie hätten die Bekannten seinen Eltern erklären können, dass sie selbst dort gewesen waren? In einer dieser Spielhöllen entdeckte er im Rückraum ein Pornokino mit Einzelkabinen.

Von der Straße aus betrachtet sah es also so aus, als wäre man nur an Glücksspiel interessiert, was zumindest ein wenig unverfänglicher erschien. Daniel verbuchte das als Teilerfolg, was er selbst merkwürdig fand, brachte es ihn doch seinem Ziel nicht das kleinste Stückchen näher. Außerdem interessierte ihn das Kabinenkino gar nicht. Zu entwürdigend war die Vorstellung, sich auf diese Weise in einer Einzelzelle zu erleichtern. Es war die billigste Lösung für die Verzweifeltsten unter den Verzweifelten, wenigstens irgendetwas abzubekommen, was entfernt mit Sex zu tun hatte. Dort konnte er immer noch hingehen, wenn alle anderen Versuche, einer echten Frau näher zu kommen, fehlschlugen.

Bei seinen Exkursionen durch das Bahnhofsviertel hatte er nach und nach gelernt, die verschiedenen Arten von Lokalen auseinanderzuhalten, aber in einen echten Stripclub traute er sich nicht hineinzugehen, bis er, an diesem Abend, von einem ein wenig abgerissen aussehenden Mann in einem ausgebeulten roten Dinner-Jackett angesprochen wurde:

»Kommen Sie rein, junger Freund, Sie sehen so aus, als könnten Sie ein bisschen Abwechslung gebrauchen! Kommen Sie ins *Pik-Ass!*«

Daniel konnte sich später nicht erklären, warum er ausgerechnet an diesem Tag ausgerechnet dieser so ganz und gar nicht vielversprechenden Aufforderung gefolgt war. Der *Pik-Ass-Klub* war kein kleines Lokal. Über eine steile Treppe ging es in den Keller. Der ganze Raum war in schummriges rotes Licht getaucht, die Wände waren verspiegelt, die plüschigen Sitzgruppen mit Vorhängen und Paravents voneinander separiert. In der Mitte war eine große Tanzfläche, auf der die Frauen tanzten und sich an mehreren Stangen rekelten.

Eine Bedienung, die beinahe nichts anhatte, führte Daniel zu einem freien Platz. Er wäre fast in hysterisches Lachen ausgebrochen, weil es plötzlich so einfach gewesen war, einer nackten, erwachsenen Frau zu begegnen, die ihm mit der Selbstverständlichkeit einer Platzanweiserin im Kino voranging.

Daniel setzte sich, und vielleicht schon an diesem Abend, vielleicht auch erst an einem der späteren, fiel ihm zum ersten Mal Nadja auf, wie sie an einer der Stangen tanzte. Er wusste nicht, warum er sich sofort in sie verliebte. Später dachte er oft über diese Frage nach: Warum verliebte man sich in jemanden? Er sah sie und dachte sofort: Die ist es! Er dachte es mit so einer Entschiedenheit, dass es ihm vollkommen einleuchtend und normal vorkam, so als wäre er Nadja in den Gängen der Musikhochschule begegnet.

Er beobachtete Nadja, wie sie mit einem älteren, dicken Mann in einer der Ecken verschwand, und es überkam ihn heftige Eifersucht. Er sah hin und wollte doch nicht hinsehen. Andere Frauen, die zu ihm kamen und ihn fragten, ob er sie zu einem Drink einladen wolle, ließ er ziehen. Als er sah, dass an diesem Abend keine Chance bestand, noch von Nadja bemerkt zu werden, ging er wieder.

Er hatte sie nur einmal gesehen und vergaß sie nicht

mehr. Von nun an besuchte er regelmäßig den *Pik-Ass-Klub*. Er fand heraus, wann Nadja dort arbeitete, und suchte sich einen Platz, von dem aus er sie gut bei ihrer Arbeit beobachten konnte.

Später erzählte sie ihm, sie habe das sofort bemerkt, schon zu der Zeit, als er noch glaubte, sie habe noch nicht einmal seine Existenz zur Kenntnis genommen. Sie sagte, wenn man in so einem Laden beschäftigt sei, lerne man, die Männer mindestens ebenso genau anzusehen, wie sie einen ansehen. »Nein, sogar viel genauer«, korrigierte sie sich. »Die meisten Männer glotzen einfach nur. Wir Frauen müssen vorsichtig sein. In einen Club wie diesen kommen unglaublich viele einsame Psychos, in deren Gehirnen unser Anblick alles Mögliche auslösen kann. Jede von uns hat eine Gaspistole und Pfefferspray in ihrer Handtasche, denn es kann immer sein, dass dir nach deiner Schicht einer nachläuft.«

Und sie sagte:

»Du hast mir nicht ausgesehen wie ein Psycho. Eher schon wie ein sehr einsamer Junge. Ich fand, du hattest etwas Besseres verdient als diesen öden Schuppen. Und du hast mir gefallen.«

Eines Abends, Daniel glaubte schon längst, es würde nie passieren, oder besser, er glaubte gar nicht, es könne überhaupt passieren, kam Nadja auf ihn zu und nahm ihn an der Hand. Sie tanzte für ihn, und sie trank mit ihm.

Sie unterhielt sich mit ihm, als wären sie vertraut miteinander, ein bisschen so, als wäre er ihr kleiner

Bruder, ein bisschen so, als wäre er ihr Liebhaber. Sie nannte ihn »Kleiner«, knöpfte ihm sein Geld ab und schickte ihn dann nach Hause.

Er kam immer wieder, um sie zu sehen, und irgendwann sagte sie:

»Behalt dein Geld, Kleiner, und warte draußen auf mich.«

Das war ihre erste Verabredung. Daniel glaubte, nein, er wusste, er hatte es geschafft. Nadja außerhalb der rot schimmernden Düsternis dieses Clubs zu treffen, bedeutete, es begann etwas zwischen ihnen. Er hatte keine Worte dafür. Freundschaft, Beziehung, das traf es nicht. Sie war bereit, etwas ganz Eigenes, Neues mit ihm zu beginnen. Einen Namen dafür würden sie vielleicht noch finden, falls sie einen brauchten. Sie waren ein ungleiches Paar. Ein Oberschüler und eine Hetäre, so sahen sie nebeneinander aus. Es war von diesem Moment an etwas geschwisterlich Verträumtes zwischen ihnen, das sich für Daniel alarmierend anfühlte, und er wusste gar nicht genau, warum.

Sie gingen aus. Nadja nahm ihn überall mit, in Lokale, die er noch nicht einmal vom Hörensagen kannte. Im *Pimpernel* trafen sie auf Michelle.

»Ooch, ist der süß, wo hast du denn den gepflückt? Darf ich mir den mal ausleihen?«

Daniel gelang es nicht, sein Entsetzen zu verbergen, und Michelle und Nadja lachten ihn dafür aus. Michelle lüstern, Nadja beinahe fürsorglich. Sie trank mit ihm, tanzte mit ihm und nahm ihn zu sich in die Wohnung im Dachgeschoss. Zum ersten Mal verbrachte er eine

Nacht mit einer Frau, und zum ersten Mal wussten seine Eltern nicht, wo er war. Natürlich hatte er schon seit Jahren immer wieder mal bei einem Freund übernachtet, aber einfach wegzubleiben, ohne ihnen zu sagen, was er vorhatte, das hatte es noch nie gegeben. Er traute ihnen zu, die Polizei anzurufen.

Als er am nächsten Tag nach Hause kam, machten sie ihm die schlimmsten Vorhaltungen. Und tatsächlich, sie hatten die Polizei alarmiert. Daniel musste sich sehr zusammenreißen, nicht loszulachen, als er erfuhr, was die Polizisten gesagt hatten:

»Wie alt ist er? Neunzehn? Da machen Sie sich mal keine Sorgen. Dem geht es wahrscheinlich besser, als Sie denken. Falls er bis morgen nicht wieder auftaucht, melden Sie sich wieder.«

Nach dieser Auskunft musste seine Mutter wegen aufkommender Herzrhythmusstörungen das Bett hüten. Sein Vater durchwachte beinahe die ganze Nacht mit sorgenvoller Miene am Küchentisch. Daniel empfand kein Mitleid mit ihnen. Er fand, das war super gelaufen, und er hatte auch gar keine Lust, irgendetwas vor ihnen zu verheimlichen.

»Ich habe eine Freundin, und bei der übernachte ich jetzt öfter«, sagte er stolz.

»Eine Freundin? Wer ist das? Wo hast du sie kennengelernt?«

Nun ja, alles konnte er ihnen doch nicht verraten. Sonst wäre aus den Herzrhythmusstörungen womöglich noch etwas Schlimmeres geworden.

»In der Musikhochschule.«

»Welches Instrument spielt sie?«, fragte sein Vater.
»Dildo«, antwortete Daniel.

Nach dieser Szene wunderte es ihn nicht, dass seine
Eltern »diese Frau«, wie sie sie ausschließlich nannten, für die größte Bedrohung nicht nur seines, sondern auch ihres eigenen Lebens betrachteten. »Diese
Frau« war in der Lage, ihr gemeinsames Lebenswerk
ernsthaft zu gefährden, wenn nicht zu zerstören, und
Daniel schien nicht mehr Herr seiner Sinne. Er wurde
plötzlich aufsässig und eigensinnig, und nur, weil sie
fürchteten, ihn ganz zu verlieren, ließen sie ihn ge-
währen. Er übernachtete jetzt öfter in der Stadt, blieb
tagelang weg. Er behauptete, er besuche weiterhin
regelmäßig die Hochschule, was auch stimmte, aber er
war auch dem heillosen Einfluss dieser Frau ausge-
setzt, und das konnte auf Dauer nicht gut sein.

Zum Trotz lud Daniel Nadja zum Jahresabschluss-
konzert in die Musikhochschule ein, bei dem er auftrat, und zu dem natürlich auch seine Eltern erschienen.

Nadja prustete vor Lachen, als er sie fragte. Sie
würde seinen Eltern im Konzertsaal begegnen? Was
für ein Vergnügen! Sie trug das schwarze Kleid mit
dem weißen Kragen, das sie als Zofe auf der Bühne
angehabt hatte. Ihre schwarz gefärbten Haare kämmte
sie zu einem braven Bob, und sie schminkte sich
etwas übertrieben, was ihr ein künstliches, etwas dia-
bolisches Aussehen verlieh. Nach dem Konzert kam
sie zu Daniel, gab ihm vor allen Leuten einen leiden-

schaftlichen Kuss, ließ sich von ihm seinen Eltern vorstellen, machte vor ihnen einen artigen Knicks, und sagte zu Daniel:

»Wir sehen uns.«

Daniels Eltern, denen manches entging, nicht aber Nadjas Hohn, waren empört und entsetzt zugleich.

»Glaubst du wirklich, das ist der richtige Umgang für dich?«, fragten sie ihn, als sie ihr zu dritt nachsahen.

»Stellt euch vor, genau das glaube ich«, antwortete er.

War Daniel also glücklich mit Nadja? Nicht immer, nicht nur. Nadja stellte ihren kleinen Liebhaber auf harte Proben.

»Kommst du mit in den Club?«, fragte sie. Sie meinte den *Pik-Ass-Klub*.

»Warum?«

»Ich will dir was zeigen. Etwas, das du über mich wissen sollst.«

Daniel beunruhigte, was sie sagte. Er ahnte, worum es ging, und wollte gar nicht mehr wissen. Aber Nadja bestand darauf. Sie gingen gemeinsam in den *Pik-Ass-Klub*.

»Setz dich dahin, wo du früher immer gesessen bist, und schau mir einfach zu«, sagte sie.

Nadja hatte einen Kunden, für den sie tanzte. Daniel sah ihr zu und verging fast vor Eifersucht. Nachdem sie ihn eine Weile lang richtig heiß gemacht hatte, besprach sie etwas mit ihm, und er nickte eifrig und verließ den Club. Auch, als er weg war, sah Nadja nicht einmal zu Daniel hinüber. Nachdem sie ein wenig gewartet hatte, ging auch sie.

Daniel folgte ihr in einigem Abstand. In einem Café gegenüber gabelte sie den Mann auf, und sie gingen los, nebeneinanderher, als eilten sie einer gemeinsamen Verabredung entgegen, was ja auch stimmte. Sie gingen zu Nadja nach Hause und verschwanden in ihrem Zimmer.

Während sie es mit ihrem Kunden trieb, saß Daniel mit Stephan Gundlach im Nachbarzimmer, horchte auf die Geräusche von nebenan, und wünschte zugleich, sie nicht zu hören. Stephan versuchte, Trost zu spenden, indem er sein übliches wirres Zeug erzählte und Daniel die Seelen heilende Wirkung des göttlichen Marihuanas pries.

Als der Mann gegangen war, wagte Daniel es nicht, zu Nadja hinüberzugehen. Er kam erst zu ihr, als sie ihn holte.

»Du gehst also anschaffen? Ist es das, was ich wissen sollte?«

»So würde ich es nicht nennen. Anfangs habe ich ab und zu Männer aus dem Club gelockt, um ihnen Geld abzuknöpfen.«

»Und was ist das deiner Meinung nach?«

»Betrug, wahrscheinlich. Zuerst habe ich ihnen Sex versprochen und Vorkasse verlangt. Dann sagte ich, ich hätte es mir anders überlegt, und ihnen damit gedroht, ihre Frau anzurufen. Die meisten haben noch was draufgelegt, damit ich das bloß nicht tue.«

»Und das ist immer gut gegangen?«

»Du musst dir die Kerle genau anschauen, mit denen du das machen kannst. Sie dürfen nicht nur Angst vor ihrer Frau haben, sondern auch davor, zur Polizei zu gehen. Als Faustregel kann gelten: Je spießiger der Typ aussieht, desto größer ist die Chance, dass es klappt.«

»Und dann?«

»Und dann wollte ich es eines Tages wirklich probieren, wie es ist, Sex für Geld zu haben.«

»Aber das ist fürchterlich!«, sagte Daniel.

Nadja sah ihn nur an. Nachsichtig, beinahe mitleidig.

Daniel war untröstlich.

»Warum tust du dir das an? Warum verletzt du dich selbst so? Und mich?«, fragte er sie.

Sie zuckte die Achseln.

»Man nennt es Leben«, antwortete sie.

Das glaubte Daniel überhaupt nicht. Das Leben musste nicht so sein, sollte nicht so sein. Warum? Aber er verstand, dass es hier nichts zu argumentieren gab, nichts zu diskutieren. Nadja tat, was sie wollte.

»Kleiner«, sagte sie.

Und dann, wie zu einem Kind, das man trösten will, indem man es ablenkt:

»Kennst du das Tomatenspiel?«

An dieser Stelle brachen die Einträge ab. Sie verrieten nicht, was das Tomatenspiel war, und auch nicht, was weiter geschah. Sophia hatte einen Verdacht, aber sie fand keinerlei Hinweise, die für oder gegen ihn gesprochen hätten. Es gab eine Lücke von über drei Jahren, dann gingen die Bücher weiter. Der Ton war allerdings völlig verändert. Zum Wiedereinstieg schrieb er Übungszeiten auf, machte Notizen zu Stücken, die er probte. Es gab kaum persönliche Eintragungen. Sie setzten erst später wieder ein, aber Nadja tauchte nicht mehr darin auf. Es wirkte, als habe Daniel sich selbst vorgespielt, sich an diese Zeit nicht mehr zu erinnern. Falls er es doch tat, hatte er sich vorgenommen, kein Wort mehr darüber zu verlieren.

Die Idee, die Sophia hatte, war einfach und wahrscheinlich falsch. Höchstwahrscheinlich sogar. Die Chance, einen Treffer zu landen, stand, wenn sie Daniel richtig verstanden hatte, 9.999.999 zu 1.

Sie erinnerte sich an das Gespräch, das sie mit ihm über den Safe geführt hatte.

»Ist das nicht leicht zu knacken?«

»Bei einer siebenstelligen Reihenfolge mit einstelligen Ziffern gibt es exakt zehn Millionen Möglichkeiten. Selbst wenn man nur eine Sekunde pro Möglichkeit bräuchte, würde es sechzehneinhalb Wochen dauern, sie alle durchzuprobieren. So lange wird hier niemand unbemerkt Zeit haben.«

Eine siebenstellige Reihenfolge mit einstelligen Ziffern. Man konnte Nadjas Todesdatum so schreiben: 2781989.

Sophia ging in Daniels Arbeitszimmer. Der Safe stand am Ende des Regals, aus dem sie das Fotoalbum gezogen hatte. Er sah so aus, wie man sich einen Safe vorstellte. Ein brusthoher Metallschrank mit einem

Zahlenkombinationsschloss in der Mitte der Tür, das auf Null eingestellt war. Sie hatte so einen Safe noch nie geöffnet, sie versuchte es einfach und drehte das Schloss nacheinander auf die Zahlen 2-7-8-1-9-8-9.

Ein sattes Klicken verriet ihr, dass sie sich nicht geirrt hatte. Sie zog die Tür auf. Daniel hatte die Wahrheit gesagt. Er bewahrte alte Noten in dem Safe auf. Vorsichtig sah Sophia die Papiere durch. Es waren auch andere Sachen darin. Bankunterlagen, Papiere, die irgendwelche Finanzangelegenheiten betrafen. Ein ziemlich dicker hellbrauner Umschlag erweckte ihre Neugier. Er enthielt einen Packen Fotokopien. Sie zog sie heraus. Eine kopierte Ermittlungsakte der Staatsanwaltschaft München. Schon beim ersten, eiligen Überfliegen verstand Sophia, dass gegen Daniel nach Nadjas Tod wegen Mordes ermittelt worden war. Sie ließ den Safe offen stehen, ließ den Umschlag im Safe und trug die Akte, vorsichtig, als wäre sie irgendetwas Hochexplosives, aus dem Zimmer hinüber an den Esstisch, auf dem Daniels Tagebücher ausgebreitet lagen.

Sie legte den Papierstapel vorsichtig ab und trat einen Schritt zurück. Es war ein bizarrer Anblick, der sich ihr bot. Daniel hatte sie ein paar Tage allein in seiner Wohnung zurückgelassen. Sie hatte die Zeit genutzt, um das größte und dunkelste Geheimnis seines Lebens ans Licht zu zerren, und wusste, genau genommen, immer noch gar nichts.

In diesem Augenblick hörte sie Geräusche im Treppenhaus.

8.

Sie wusste gleich, dass es Daniel war. Sie wusste genau, wie seine Schritte im Treppenhaus auf den letzten Metern zur Wohnungstür klangen, das Klimpern seines Schlüsselbundes, das Kratzen des Schlüssels, das Drehen des Schlosses. Sie erlebte dies alles in einer Art Zeitlupe, und währenddessen fragte sie sich, ob sie den Versuch unternehmen sollte, alles, was herumlag, schnell wegzuräumen. Fotos, Tagebücher, die Akte, das alles konnte sie unmöglich von einem Moment zum nächsten zum Verschwinden bringen. Der Safe in Daniels Arbeitszimmer stand offen. Der Schlüssel für das Speicherabteil lag vor ihr auf dem Tisch. Warum hatte sie keinerlei Vorkehrungen für diesen Fall getroffen? Sie war sich einfach absolut sicher gewesen, er würde erst morgen kommen, so, wie er es gesagt hatte.

Er schob die Tür auf und rief sein »Hallo«, freudig, wie er es immer tat, wenn er nach Hause kam. Normalerweise erwiderte sie das in einem ähnlichen Tonfall, es war der Auftakt zu ihrem allabendlichen Duett, mit dem sie sich gegenseitig erkundigten, wie ihr Tag gelaufen war. An diesem Tag klang Daniel besonders fröhlich, weil er es vermutlich nicht erwarten konnte, von den Umständen seiner überraschend frühen Rückkehr zu berichten. Doch Sophias Erwiderung blieb aus. Im nächsten Moment hatte er die Tür so weit geöffnet, dass er mit einem Blick alles sehen konnte: Sophia, die hinter dem Esstisch stand, ihm zugewandt, ihn ansehend, und ausgebreitet vor ihr – alles.

Es war eine ungeheure Energie im Raum, obwohl sie sich beide ganz ruhig verhielten. Daniel veränderte seine Position nicht, er blieb stehen, eine Hand noch immer an dem Drehschloss, so als wäre er nicht sicher, die richtige Tür geöffnet zu haben.

Sophia verharrte, wo sie war, und konnte nicht anders, als ihn anzustarren. Ihr Gehirn versuchte, in Blitzgeschwindigkeit herauszufinden, was sie tun konnte. Der Fluchtimpuls, den sie verspürte, war so stark, dass sie sich zwingen musste, stehen zu bleiben. Wohin hätte sie rennen können? In ein anderes Zimmer? Lächerlich! Aus der Wohnung? Unmöglich! Da stand Daniel, in dem sich vermutlich gerade eine ungeheure Wut aufbaute. Sophia fürchtete ganz plötzlich, diese Begegnung mit dem Mann, den sie liebte, und der sie liebte, könnte in diesem Augenblick eine Sache auf Leben und Tod sein.

Eigentlich wollte sie nur eines wissen: Wie konnte es ihr gelingen, diese Wohnung lebend zu verlassen? Was war er imstande zu tun, um zu verdecken, was er vielleicht früher schon getan hatte? Und wie würde er mit ihrem Vertrauensbruch umgehen, der ungeheuerlich war? War er gerechtfertigt, weil sie etwas gefunden hatte? Und was hatte sie denn gefunden?

Wenn sie gewusst hätte, wohin sie der unerlaubte Blick in die Fotoalben führen würde, hätte sie ihn nicht gewagt. Sollte sie das sagen? Aber sie durfte sich jetzt nicht schuldig bekennen. Das würde ihn nur noch wütender machen. War er überhaupt wütend? Äußerlich noch nicht erkennbar. Doch sicher würde er es werden. Was hätte sie getan, wenn sie Zeit genug gehabt hätte, um herauszufinden, was genau Daniel überhaupt vorgeworfen worden war? Wäre sie zur Polizei gegangen? Würde sie es tun, wenn sie hier herauskäme?

Es war Daniel, der als Erstes die Sprache wiederfand.

»Also gut«, sagte er.

Er drückte die Türe zu und verschloss sie zweimal mit seinem Schlüssel, den er in der Hosentasche verschwinden ließ. Er stellte den Rollkoffer zur Seite und zog seinen Mantel aus. Dann nahm er alle anderen Wohnungsschlüssel vom Schlüsselbrett und steckte sie in die Tasche. Er schien ganz ruhig dabei. Nun wandte er sich wieder Sophia zu.

Mit einer Geste, die sich auf alles, was auf dem Tisch lag, bezog, fragte er sie:

»Also gut, was ist das, was du über mich zu wissen glaubst?«

Sophias Gehirn raste auf Hochtouren, aber es warf keine Antworten aus. Sie konnte nichts sagen und nichts tun. Immerhin gelang es ihr zu bemerken, dass

Daniel seine Frage sehr geschickt gestellt hatte. Er wollte wissen, welche Beweise sie hatte. Das war seine Verteidigungsstrategie. Doch darauf würde sie sich nicht einlassen. Sie war keine Staatsanwältin. Aber sie konnte eine Geschichte erzählen.

Er trat an den Tisch, zog einen Stuhl zurück, bedeutete ihr, auch sie solle sich setzen, und nahm ihr gegenüber mit gefalteten Händen Platz.

Sophia tat, was er von ihr wollte. Es fühlte sich an, als hinge ihr Leben von der Antwort ab, die sie nun geben musste.

Sie sagte: »Du hast Nadja Perlmann getötet?«

Unglücklicherweise betonte sie diese ungeheuerliche Behauptung wie eine Frage. Sie hätte eigentlich bestimmt klingen sollen. Warum war ihr das passiert? Wollte sie sie dadurch weniger ungeheuerlich erscheinen lassen?

Daniel sah sie herablassend an.

»Du hast meine Fotoalben durchsucht, in meinen Tagebüchern gelesen. Meine Tagebücher und privaten Aufzeichnungen im Keller aufgespürt und hier hochgeschleppt und auch sie gelesen. Du bist an meinen Safe gegangen und hast ihn geöffnet. Allein, weil dir das gelungen ist, weiß ich sehr genau, was du zu wissen glaubst. Du hast mich auf die schweinischste Art und Weise ausspioniert. Und nun hältst du dich für berechtigt, mir diese Frage zu stellen?«

Sophia schämte sich so sehr, wie sie sich noch nie für etwas geschämt hatte. Zugleich fürchtete sie sich so sehr, wie sie sich noch nie gefürchtet hatte. Sie wollte einfach nur lebend hier raus, und ihr Instinkt sagte ihr, das würde ihr nicht gelingen, wenn sie nun anfing, sich zu rechtfertigen.

»Dann sage ich es noch mal: Du hast Nadja Perlmann getötet.«

Daniel sah Sophia eine Weile in die Augen.

»Ich habe dich geliebt, weißt du das? Bis ich eben zu dieser Tür hereingekommen bin, habe ich dich geliebt. Und wahrscheinlich tue ich es immer noch. Und ich kann einfach nicht fassen, was du getan hast. Wir hätten zusammen das schönste Leben haben können. Wir hatten das schönste Leben zusammen. Warum hast du das getan?«

Sophia hielt seinem Blick stand. Dann sagte sie:

»Ich war eifersüchtig. Ich weiß gar nicht genau, auf wen oder was. Ich dachte, ich gehe in dein Zimmer und sehe mir ein paar Fotos von irgendeiner deiner Verflossenen an. Ich hatte keine Ahnung, ob ich in deinem Zimmer wirklich so was finden würde. Es war nur eine kleine, destruktive Laune, weiter nichts. Ich fand die Polaroids von Nadja und dir. Das hätte mir genügt, und ich hätte es schnell wieder vergessen, und wir hätten nie darüber geredet, es wäre nie irgendetwas daraus gefolgt. Nur hatte ich Nadja leider schon einmal gesehen. Auf einem anderen Foto in einem ›Reiseführer für Eingeborene‹. Was für ein bescheuerter Titel. Aber das Buch ist ganz gut. Christos hat es mir empfohlen. Ich dachte mir, ›lass es gut sein, vielleicht hat Daniel sie gekannt, vielleicht auch nicht, was geht es mich an, was geht es uns und unsere Liebe an, wir leben jetzt‹. Weise Gedanken. Doch die Geschichte ließ mir keine Ruhe. Es wunderte mich, dass du Nadja nie erwähnt hattest. Wie dem auch sei, ich kam auf die unglückselige Idee, im Internet nach ihrem Namen zu suchen. Wenn man lange genug danach sucht, findet man auch etwas über die Toten. Ich erfuhr alles über Nadjas Tod, was in der Öffentlichkeit bekannt war oder ist. Und wieder: Wahrscheinlich hätte ich damit die Sache auf sich beruhen lassen. Vielleicht hätte ich mehr oder weniger geschickt versucht, dich über die Zeit auszufragen, und mehr nicht. Nur so, aus eher allgemeinem Interesse. Wenn nicht, ja, wenn da nicht irgendjemand im Netz erwähnt hätte, dass Nadja in dem Haus gegenüber der *Bodega Bar* gestorben ist. Wo die *Bodega Bar* war, weiß ich von dir, du hast es mir einmal gesagt. Ich habe angefangen, darüber nachzudenken, wie wenig du mir gegenüber von deiner Vergangenheit preiszugeben bereit warst. Wie unverhältnismäßig wütend du mir oft erschienst, wenn du mit ihr in Berührung kamst. Deine Tochter, *Das schlaue Füchslein*, deine Exfrau, deine Eltern. Das waren, für sich genommen, keine Anhaltspunkte für irgendetwas. Aber es schien mir zu jemandem zu passen, der alarmiert reagierte, wann immer er mit seiner früheren Existenz konfrontiert wurde. Außerdem hatte dein Vater bei unserem Besuch eine Bemerkung gemacht, die mir wieder einfiel. ›Erst, seitdem wir ihm die Wohnung gekauft haben, sind die Dinge wieder ins Lot gekommen.‹ Was für ein merkwürdiger Satz über jemanden, bei dem die ›Dinge‹ im Großen und Ganzen immer so sehr >im Lot< gewesen waren wie bei dir. Zumindest scheinbar. Und was für eine merkwürdige, bizarre Vorstellung, dass du seither in dieser Wohnung lebst. An dem Ort, an dem«, sie unterbrach sich selbst, bevor sie es ein drittes Mal wiederholte.

»An dem Ort, an dem du, so, wie es aussieht, immer bleiben wolltest. Wenn du mich fragst, war das der eigentliche Grund für das Scheitern deiner Ehe. Du wolltest deiner Geschichte entkommen, indem du deiner Trauer um eine Tote die Liebe zu einer lebendigen Frau vorzogst, ein Kind mit ihr bekamst.

Du wolltest immer nur hierher zurück. Von außen betrachtet, merkwürdig, bizarr. Verständlich aber, wenn man sich klarmacht, dass hier die größte Katastrophe deines Lebens geschehen ist.«

Sie wagte es nicht weiterzureden. Saß hier ein Mann vor ihr, der eine Frau ermordet und zerstückelt hatte? Sie konnte es sich kaum vorstellen. Aber es war geschehen, und Daniel hatte auf irgendeine Weise damit zu tun gehabt. Die ganze Zeit dachte sie ununterbrochen über Fluchtwege nach. Es gab unterhalb der Dachterrasse eine Feuerleiter. Sie hatte einen Wohnungsschlüssel in ihrer Handtasche. Aber die Feuerleiter wie der Hausschlüssel waren für sie nicht erreichbar. Einen Fluchtversuch zu unternehmen, könnte ihm den Vorwand liefern, gewalttätig zu werden. Sie musste vorerst auf ihrer Seite des Tisches bleiben und abwarten. Solange er ihr gegenübersaß, war die Situation wenigstens halbwegs stabil. Sie hatte Daniel während des Sprechens genau beobachtet und an seinen Reaktionen erkannt, dass sie mit ihren Erkenntnissen, die ja nicht mehr als Vermutungen waren, nicht ganz falschgelegen hatte.

Daniel wirkte nicht aggressiv. Eher niedergeschlagen, verzweifelt. Er schien etwas sagen zu wollen und zu überlegen, wo er am besten anfangen konnte. Nach einer Weile begann er:

»Es war so, wie Stephan Gundlach gesagt hat. Er hat seine Wahnsinnstat an Nadja begangen, als sie schon tot war.«

Er verstummte wieder, wusste anscheinend nicht, wie er weitermachen sollte.

»Willst du mir einfach alles von Anfang an erzählen?«, fragte Sophia. Sie hätte ihm gerne die Hand gereicht, aber sie war sich nicht sicher, wie es ausgehen würde. Also unterließ sie es.

Nach einer weiteren Pause fing er an.

»Ich war ein schüchterner Junge damals. Ich tat mich schwer, Anschluss zu finden. Ich war nicht unbeliebt. Mir fehlte nur manchmal die nötige Entschlossenheit, zum richtigen Zeitpunkt auf mich aufmerksam zu machen. Wollte ich wirklich ein Künstler werden? Das weiß ich gar nicht. Ich hatte, glaube ich, nie das, was man ›künstlerische Ambitionen‹ nennt. Ich war fleißig, strebsam und geschickt, das war eigentlich alles. Und deshalb gab das Cello früh die Antworten auf alle Fragen, die sich in meinem Leben stellten. Natürlich war mir auch als Kind schon klar, dass zuerst nicht das Cello zu mir sprach, sondern meine Eltern. Noch nicht einmal die Wahl des Instruments traf ich selbst. Das Schulorchester war noch nicht ausreichend besetzt, und meine Eltern waren sicher, ein Streichinstrument wäre das Richtige für mich. Es kam mir nicht in den Sinn, diese Entscheidung infrage zu stellen. Nie. Von Anfang an lobten meine Lehrer mein Gespür und mein Geschick und spornten mich an, noch mehr zu üben. Auf eine eigenartige Weise spürte ich von Anfang an eine ganz besondere Beziehung zu meinem Instrument. Und ich war gut, sehr gut sogar. Was konnte das anderes bedeuten, als dass die Entscheidung für das Cello die richtige war? Ich lernte schnell, und das Verlangen danach, es besser und besser zu beherrschen, berauschte mich. Ich übte täglich viele Stunden, nicht aus Pflicht, sondern aus Neigung, und weil ich auch noch dafür gelobt wurde, nahm das Instrument die Einsamkeit von mir und verstärkte sie zugleich.«

Daniel erzählte, wie er begann, über sein Verhältnis zu Mädchen, zu Frauen in dieser Zeit zu sprechen. Es entsprach in etwa dem, was Sophia aus seinen Tagebüchern wusste. Ihm schien bewusst, dass er ihr damit nichts Neues sagte, sich in gewisser Weise einfach wiederholte. Dennoch legte er Wert darauf, sich zu erklären, denn es beglaubigte, was sie gelesen hatte. Sophia wagte es nicht, ihn zu unterbrechen, signalisierte aber hin und wieder durch ein vorsichtiges Nicken, dass sie wusste, wovon er sprach. Bald schon kam er zu seinen Ausflügen in Bahnhofsviertel und dazu, wie er Nadja kennenlernte.

»Ich war wahnsinnig verliebt in sie, und ich war

wahnsinnig eifersüchtig. Aus irgendeinem Grund liebte sie es, Dinge zu tun, die meine Eifersucht noch steigerten. Einmal zwang sie mich, ihr dabei zuzusehen, wie sie einen Freier aus dem Club lotste und mit nach Hause nahm, um mit ihm zu schlafen. Ich war im Nebenzimmer, als es geschah, zusammen mit Stephan Gundlach. Du wirst dich fragen, ob ich mich an ihr rächen wollte. Das wollte ich nicht. Ich war verzweifelt. Ich wollte Nadja für mich haben, sie mit niemandem teilen müssen. Vermutlich war das genau die Lektion, die sie mir erteilen wollte. Sie gehörte niemandem. Auch nicht jemandem, den sie liebte. Und ich wusste, dass sie mich liebte. Selbst, als sie mich quälte, wusste ich es.«

Er schwieg wieder. Zuerst überlegte Sophia, ob sie ihm Fragen stellen sollte. Aber es war besser, ebenfalls nichts zu sagen. Abzuwarten, bis er weitermachen konnte.

»Nadja fand jede Art von Normalität erbärmlich. Ich wollte in meine erste Freundin verliebt sein, zärtlichen Sex mit ihr haben. Ich glaube, sie liebte mich wirklich, aber sie fand, ich hätte einiges nachzuholen. ›Was hast du gemacht, die ganzen letzten Jahre?‹, fragte sie mich. ›Immer nur Cello gespielt? Lass uns etwas anderes spielen. Kennst du das Tomatenspiel?‹ Ich wusste nicht, was sie meinte. Als wir zusammen im Bett lagen, zog sie den Gürtel aus meiner Jeans und legte ihn sich um den Hals. ›Zieh ihn langsam zu‹, sagte sie. Ich wollte das nicht.

›Jetzt mach dir nicht ins Hemd. Schlaf mit mir, und

zieh die Schlinge zu, fest und zärtlich.‹ Wir machten das ein paarmal, und sie feuerte mich an, immer fester zuzuziehen. Ich sagte, ›es ist gefährlich, es ist verrückt‹. Sie sagte, ›jedes gute Spiel ist gefährlich und verrückt‹.

Und dann passierte es. Wir waren aus, im *Pimpernel*. Nadja arbeitete, und ich versuchte, mich zu amüsieren, was mir ganz gut gelang, bis der Mann auftauchte, den sie einige Zeit zuvor aus dem *Pik-Ass-Klub* mit zu sich nach Hause genommen hatte. Ich hasste ihn und hätte ihn am liebsten zu Brei geschlagen, aber Nadja schärfte mir ein, ihn bloß in Ruhe zu lassen. Das musste sie mir nicht sagen, ich hatte mich noch nie mit einem Mann um eine Frau geschlagen und hätte es mich auch jetzt nicht getraut. Nadja flirtete mit ihm, obwohl ich mir sicher war, dass sie ihn eigentlich verachtete. Aber tat sie das wirklich? Ich hatte nicht den Eindruck. Während sie am Tresen neue Getränke bestellte, redete er mit Besitzerlächeln auf sie ein und legte dabei die Hand auf ihren Hintern, und sie ließ es sich gefallen. Als sie beim Servieren in meine Nähe kam, versuchte ich, sie zur Rede zu stellen, doch sie wollte nichts hören und sagte: ›Kleiner, du weißt doch, ich liebe nur dich.‹ Ich betrank mich und schwor mir, mich mit dem Typen zu prügeln, auch wenn er mir sämtliche Knochen brechen würde.

Am Ende von Nadjas Schicht war ich auf das Schlimmste gefasst. Ich würde sie nicht mit ihm gehen lassen, schwor ich mir. Doch mein Schwur zu kämpfen, stellte sich als überflüssig heraus. Nadja schickte den Kerl einfach weg, sagte ihm, sie würde sich vielleicht ein andermal wieder auf ihn einlassen, aber nicht jetzt. Er wollte es zuerst nicht einsehen, erst als Michelle dazukam und ihn fragte, ob er irgendetwas nicht verstanden hätte, zog er ab.

Nadja nahm mich mit zu ihr nach Hause. Ich beklagte mich über ihre Grausamkeit, aber sie lachte mich nur aus.

›Stell dich nicht so an, ich wollte dich ein bisschen auf Touren bringen‹, und sie warf mir den Gürtel hin. Wir schliefen miteinander und sahen uns dabei in die Augen, und sie ermutigte mich, fester zuzudrücken, was ich tat. Ich war aufgeregt, wütend und betrunken. Wahrscheinlich wurde sie da schon ohnmächtig, und ich bemerkte es nicht gleich. Ich hatte nicht das Gefühl, etwas falsch zu machen, obwohl ich natürlich wusste, dass all das, was wir hier taten, völlig verrückt war. Ich war außer mir. Als ich bemerkte, dass Nadja sich nicht mehr bewegte, war es schon zu spät. Sie war nur ohnmächtig, dachte ich. Ich schüttelte sie, ohrfeigte sie, aber sie reagierte nicht. Ich begann zu ahnen, was geschehen war, horchte an ihrem Herzen, fühlte ihren Puls. Ich wehrte mich mit allem, was ich hatte, dagegen, zu begreifen, was geschehen war. Ich hatte sie erstickt.

›Du hast sie umgebracht, du hast Nadja umgebracht, du hast einen Menschen umgebracht‹, hämmerte es in meinem Kopf. Ich sprang auf und zog mich an und lief im Zimmer auf und ab, kniete mich zu ihr hin, lief von ihr weg. Immer wieder sah ich nach, ob sie nicht vielleicht wieder aufgewacht war, aber sie lag reglos da, sie war tot. Ich dachte, ich müsse Hilfe holen. Aber wer konnte helfen? Niemand konnte sie zurückholen. Ich war unfähig, irgendeinen Gedanken zu fassen, und rannte aus der Wohnung und hinaus auf die Straße. Ich überlegte, wen ich um Hilfe rufen konnte? Aber mir fiel nichts ein. Ich lief einfach los, Richtung Hauptbahnhof. Ich hatte keinen Plan, wohin. Auf dem S-Bahnsteig kauerte ich mich auf einer Bank zusammen und wartete auf den ersten Zug, mit dem ich nach Hause fuhr. Es gelang mir, unbemerkt von meinen Eltern zu duschen und in meinem Zimmer zu verschwinden. Sie werden mich schon gehört haben, taten aber so, als bekämen sie es nicht mit.

Ich schlief ein paar Stunden. Am nächsten Morgen erlebte ich das schrecklichste Erwachen zum ersten Mal. Der Moment, in dem dir zu Bewusstsein kommt, du hast einen Menschen getötet. Es ist seither jeden Morgen wieder dieses schrecklichste Erwachen.

Ich blieb in meinem Zimmer und sagte, ich sei unpässlich, krank, meine Eltern riefen in der Hochschule an und entschuldigten mich.

›Willst du mit mir reden?‹, fragte mich meine Mutter.

Nein, das wollte ich nicht. Ich glaube, ihnen war sofort klar, dass etwas Schreckliches geschehen war. Aber sie wollten gar nicht wissen, was. Sie wollten, dass alles wieder in Ordnung käme. Allein, dass ich nun wieder zu Hause war und in meinem Zimmer blieb, schien ihnen ein erster Schritt dahin.

Ich glaubte, es wäre ohnehin alles nur noch eine Frage von Stunden oder längstens ein paar Tagen: Die Polizei würde kommen und mich verhaften. Das war so unausweichlich, es lohnte sich gar nicht, noch über irgendwelche Fluchtpläne nachzudenken. Ich war auch gar nicht in dem Zustand, abhauen zu können. Ich lag in meinem Bett, zog mir die Decke über den Kopf und hatte ununterbrochen die Bilder des letzten Abends mit Nadja vor mir. Manchmal schlief ich vor Erschöpfung ein, doch sobald ich wieder zu mir kam, lief das Ganze immer wieder wie ein Film vor mir ab. Es gab so viele Leute im *Pimpernel*, die mich am Abend vor Nadjas Tod als ihren eifersüchtigen Liebhaber gesehen hatten. Ich war derjenige, mit dem sie zuletzt gesehen worden war. Auf wen, außer auf mich, konnte überhaupt ein Verdacht fallen? Auf den Typen, vielleicht, aber der hatte ein Alibi, musste eines haben. Nachdem ich zwei volle Tage im Bett liegen geblieben war, gelang es mir, aufzustehen und eine Kleinigkeit zu essen.

Auf die Fragen meiner Eltern antwortete ich ausweichend. Ich behauptete, ich hätte zu viel getrunken und wahrscheinlich etwas Schlechtes gegessen, und ich wolle mich nun richtig erholen, und dann wieder ganz auf mein Studium konzentrieren.

›Und was ist mit dieser Frau?‹, fragte meine Mutter.

›Wir sind nicht mehr zusammen‹, antwortete ich.

Ich sah das Strahlen auf dem Gesicht meiner Mutter. Soll sie sich nur freuen, dachte ich. Bald wird sie nicht mehr ein noch aus wissen vor Verzweiflung und Entsetzen.

Doch es verging Tag um Tag, ohne dass etwas geschah. Sie kamen nicht, um mich zu holen. Jeden Morgen holte ich die Zeitung aus dem Briefkasten und überflog sie fieberhaft. Aber Nadjas Tod kam darin nicht vor.

Eine unwahrscheinliche, aberwitzige Hoffnung keimte in mir. Was, wenn Nadja gar nicht tot war? Vielleicht war sie nur bewusstlos gewesen? Nach einer Weile wieder zu sich gekommen? Noch am Leben? Das wäre doch immerhin möglich! Ich wurde fast euphorisch bei diesen Gedanken, obwohl ich wusste, sie konnten nicht wahr sein.

Ich überlegte, ob ich zu Nadjas Wohnung fahren sollte, um herauszufinden, was geschehen war. Hatte sie noch niemand entdeckt? Doch das wäre viel zu gefährlich gewesen. Nach und nach wurde mir klar, dass ich mich früher oder später der Polizei stellen musste. Ich *wollte* mich stellen. Ich war noch nicht so weit, aber ich würde es tun, davon überzeugte ich mich nach und nach. Ich musste erklären, was wirklich geschehen war. Es war ein Unfall gewesen. Ein idiotischer, kaum begreiflicher Unfall. Völlig unwahrscheinlich. Aber welcher Unfall war das nicht? Ich liebte Nadja, ich war es ihr schuldig, ehrlich zu sein. Zumindest das. Der Gedanke, mich zu stellen, tröstete mich. Wenn ich erst so weit wäre, würde ich alles erklären. Aber solange es noch möglich war, dass sie lebte, musste ich das nicht tun. In meiner Vorstellung wurde es von Tag zu Tag wahrscheinlicher, dass sie noch lebte. Vielleicht war sie zurückgekehrt zu ihren Eltern. Vielleicht in eine andere Stadt gezogen. Wenn ihre Leiche gefunden worden wäre, hätte das in der Zeitung gestanden.

Irgendjemand hat einmal gesagt, eine Geschichte sei so lange nicht zu Ende erzählt, bevor sie nicht ihre schlimmstmögliche Wendung genommen habe. So irrwitzig die Annahme auch gewesen sein mochte, ich klammerte mich an sie und redete mir ein, Nadja lebte. Nach zwei Wochen besuchte ich sogar wieder die Hochschule. Ich spielte schlecht und unkonzentriert, aber meine Lehrer hatten Geduld mit mir, sie nahmen wohl an, ich hätte Liebeskummer. Jeden Tag durchforstete ich die Tageszeitungen. Und jeder Tag, an dem ich nichts über Nadja darin fand, nährte meine Hoffnung. Ich fasste den Entschluss, in den *Pik-Ass-Klub* zu gehen. Vielleicht tanzte Nadja dort. Nach und nach streifte ich durch alle Läden und Kneipen, in denen ich mit Nadja je gewesen war, und hielt Ausschau nach ihr. Ich traute mich nicht, irgendjemanden zu fragen. Auch weil ich Angst hatte, irgendeinen Verdacht auf mich zu lenken. Obwohl ich nicht den geringsten Hinweis darauf fand, wurde es in meiner Vorstellung von Tag zu Tag wahrscheinlicher, dass sie noch lebte. Vielleicht war sie zurückgekehrt zu ihren Eltern oder in eine andere Stadt gezogen.

Doch dann, nach einigen Wochen, kamen die Nachrichten. Es waren die schrecklichsten, die man sich vorstellen konnte. In einem Schließfach am Hauptbahnhof wurde der Kopf einer Frau gefunden. Es beunruhigte mich, dass man nicht wusste, wer die Tote war. Warum sollte es Nadja sein, dachte ich trotzig, und doch fürchtete ich es sofort und flehte zu Gott, sie möge es nicht sein. Tag für Tag erschienen neue grausige Details in der Zeitung. Weitere Teile der Leiche wurden an anderen Orten in der Stadt gefunden. Es wurde spekuliert, wer die Tat begangen haben konnte. Der Fall stürzte die Stadt in ein düsteres Fieber. Ein Monster musste diese Tat vollbracht haben, ein Gilles de Rais, ein John Wayne Gacy. Andere Morde wurden damit in Verbindung gebracht. Von einem Serienkiller war die Rede, die abstrusesten Theorien wurden aufgestellt. Niemand wusste, wer die Frau war, noch, wer sie getötet hatte. Also durfte ich die berechtigte und ganz vernünftige Hoffnung haben, es sei nicht Nadja, und ich beruhigte mich zumindest ein wenig. Mit jedem Tag, der verging, ohne dass die Identität der Frau bekannt wurde, wuchs meine Zuversicht wieder.

Doch dann, eines Tages, berichteten die Zeitungen von Stephan Gundlach, der aus freien Stücken ins Polizeipräsidium in der Ettstraße gegangen war, um dort eine ungeheuerliche Geschichte zu präsentieren. Er habe die Frau tot im Nachbarzimmer gefunden, befürchtet, er werde des Mordes an seiner Mitbewohnerin bezichtigt werden, und habe sie deshalb zu beseitigen versucht. Er habe sie zerteilt, aber sie sei schon tot gewesen, als er sie gefunden habe.

Er konnte der Polizei auch berichten, wer die Tote war: Nadja Perlmann.

Ich erlitt einen Nervenzusammenbruch. Meine Eltern erklärten sich meinen Zustand mit der Überforderung durch die Ausbildung an der Musikhochschule. Ich wurde ins Krankenhaus eingeliefert und blieb dort eine Woche zur Beobachtung. Wann immer es mir gelang, suchte ich nach Zeitungen und Neuigkeiten. Durch Stephan Gundlachs Geständnis war mir jede Möglichkeit, meine Tat zu gestehen, genommen. Warum hätte man mir glauben sollen, ich hätte Nadja zwar umgebracht, aber nicht zerstückelt? Außerdem hatte die Polizei einen Täter, an dessen offenkundigem Wahnsinn wenig Zweifel bestehen konnten. Die Geschichte, die er der Polizei erzählte, klang im höchsten Maße unglaubwürdig. Dabei war sie nichts als die Wahrheit. Er hatte Nadja tot in ihrem Zimmer gefunden und aus Angst, für ihren Mörder gehalten zu werden, getan, was er getan hatte. Es war teuflisch, aber von dem Moment an, da ich begriff, dass mir Stephan Gundlach das perfekte Alibi geliefert hatte, begann es, mir besser zu gehen.

Trotzdem fand die Polizei heraus, dass ich mit Nadja bekannt gewesen war, und kurze Zeit später standen zwei Kriminalbeamte vor der Tür meines Elternhauses.

Es fiel mir erstaunlich leicht, glaubwürdig zu berichten, eine Beziehung zu Nadja gehabt zu haben, aber nichts über ihren Tod zu wissen. Ich dachte dabei an Stephan Gundlachs grauenhafte Tat, mit der ich ja wirklich nichts zu tun hatte. Den Kriminalbeamten genügte das nur vordergründig. Es wurde ein Ermittlungsverfahren gegen mich eingeleitet. Mein Vater war bekannt mit einem hohen Tier bei der Polizei. Er versuchte durchzusetzen, dass die Ermittlungen gegen mich eingestellt wurden. Das geschah schließlich auch, aber aus einem anderen, einfachen Grund: Man hatte mit Stephan Gundlach einen psychopathischen Irren als Täter, der perfekt ins Bild passte.

Mein Vater gelangte über einen Anwalt, den er beauftragte, an eine Fotokopie der Ermittlungsakte gegen mich. Er übergab sie mir wortlos. Meine Eltern wollten nicht wissen, was wirklich geschehen war. Mein Vater glaubte, er habe dieses Verfahren von mir abgewendet, und nun wollte er nie wieder etwas davon hören.

Einige Jahre später wollte mein Vater eine Wohnung für mich kaufen. Das ganze Glockenbachviertel erlebte damals einen ungeheuren Aufschwung. Ich sah, dass aus dem alten Dachgeschoss diese Wohnung geworden war, und bat meinen Vater, sich für sie zu entscheiden, was er auch tat. Er wusste nicht, was hier geschehen war. Ich war glücklich, hier einziehen zu können. In gewisser Weise erlaubte es mir, Nadja wieder nahezukommen, auf eine bestimmte Weise immer bei ihr zu sein.

Du wirst dich fragen, wie es mir möglich war, so lange mit dieser Schuld zu leben. Ich will es dir verraten. Durch Stephan Gundlachs Tat war meine auf seltsame Weise überdeckt worden.

Ich war schuld an Nadjas Tod, aber ich bin kein psychopathischer Schlächter.

Ich fand Trost in meiner Fähigkeit, als Musiker Schönes zu erschaffen. Meine Hoffnung war, das Schöne, das ich schuf, würde das Schreckliche, was ich getan hatte, am Ende überwiegen. Eine unsinnige Hoffnung, an die ich mich aber klammerte.

Es heißt, jeder Mensch besitze irgendeine besondere Begabung, es gelte nur, sie zu finden. Vielleicht trifft das zu. Was die Sentenz verschweigt, ist der Umstand, dass für den Betreffenden mit der Entdeckung dieser Begabung keineswegs alle Probleme gelöst sind. Sie beginnen dort erst. Denn in den wenigsten Fällen erweisen sich diese Begabungen als Schlüssel zu dem, was man sich im Leben erhofft. In meinem Fall: jemanden zu finden, der einen vorbehaltlos liebt. Die Fähigkeiten der meisten Menschen reichen gerade aus, um am allgemeinen Leben teilzunehmen, eine gewisse Aufgabe zu erfüllen, mehr nicht. Doch das ist schon eine ganze Menge. Mit jedem würde ich tauschen, der niemanden getötet hat, dafür aber ein unauffälliges Leben führt.

Mir blieb nur, jeden Morgen aufzustehen mit dem Gefühl, heute ein weiteres Stück meiner unermesslichen Schuld abarbeiten zu müssen, es aber auch zu können. Schon allein, dass mir das möglich war, empfand ich als Gnade. Falls es einen Gott gibt, hat er beides aus mir gemacht: einen, der tötet, und einen, der wundervolle Musik schaffen kann. Wäre die Welt besser dran gewesen, wenn ich mich gestellt hätte? Ich glaube nicht.

Jemand, der zu all dem, was mir als Musiker gelang,

in der Lage war, konnte nicht ganz schlecht sein. Es musste einen Sinn haben, dass es mir erlaubt war, mein Leben weiterzuführen.

Ich machte mich weiter auf die Suche nach einer vorbehaltlosen Liebe und scheiterte immer wieder, wie du weißt. Und dann traf ich dich und dachte, ich hätte sie gefunden. Eine Liebe ohne Voraussetzungen, die nur in der Gegenwart existiert. Ich dachte mir nichts dabei, dich allein in meiner Wohnung zurückzulassen. Ich glaubte nicht, du würdest dich so stark für meine Vergangenheit interessieren. Und zugegebenermaßen habe ich dich auch unterschätzt. Ich hätte nicht geglaubt, dass du in der Lage wärest, alles über mich herauszufinden. Ich wusste immer, einmal würde dieser Tag kommen. Ich dachte, du wärest auf meiner Seite.«

Nun schwieg Daniel. Sophia saß ihm regungslos in höchster Anspannung gegenüber. Wenn es denn eine war, war dies mit Abstand die fürchterlichste Liebeserklärung, die ihr je ein Mann gemacht hatte. Was sollte nun geschehen? Sie wollte raus hier, so schnell wie möglich, aber wie sollte ihr das gelingen? Daniel hatte die Tür abgesperrt. Das hieß dann wohl, er betrachtete sie als seine Geisel.

»Was hast du jetzt vor?«, fragte sie ihn.

Er ließ etwas Zeit vergehen, bevor er antwortete. Dann sagte er:

»Das ist im Wesentlichen deine Entscheidung.«

Sie signalisierte Unverständnis.

»Was wir beide wissen, weiß sonst niemand. Und

niemand muss es je erfahren. Mein Leben liegt in deiner Hand. Wir könnten so weiterleben wie bisher. Alles, was mir gehört, würde auch dir gehören.«

»Du meinst, wenn ich dafür deine Lüge decke.«

»So würde ich es nicht nennen. Ich würde sagen: Wenn du alles lässt, wie es ist.«

»Stephan Gundlach sitzt seit fünfundzwanzig Jahren unschuldig im Gefängnis.«

»Unschuldig? So würde ich das nicht nennen. Und er sitzt nicht im Gefängnis, sondern in der Psychiatrie. Aber es ist ein interessanter Aspekt, den du da ansprichst. Juristisch sieht die Sache so aus: Mir könnte man fahrlässige Tötung oder Körperverletzung mit Todesfolge vorwerfen. Beides wäre längst verjährt. Ich müsste nicht ins Gefängnis. Stephan Gundlach würde nicht mehr als Mörder gelten, aber wir sind uns wohl einig, dass er in der Psychiatrie genau da ist, wo er hingehört. Und unabhängig davon: Über Nadjas Tod werde ich immer untröstlich sein. Überlege genau, was du tust. Wir haben ein gutes Leben geführt.«

Sophia fragte sich, ob sie zum Schein zustimmen sollte, um die Situation wenigstens für einen Moment zu entspannen, um dann unter einem Vorwand aus der Wohnung zu fliehen. Aber Daniel war nicht blöd. Nein, ihr blieb nur die Wahrheit.

»Ich hätte keinen Tag mit dir verbracht, wenn ich diese Geschichte gekannt hätte. Und ich kann sie nicht für mich behalten. Es ist mir egal, was das juristisch bedeutet. Es ist deine Lüge, und ich werde sie nicht zu meiner machen.«

»Ich kann dich nicht gehen lassen. Du würdest zur Polizei gehen. Das würdest du tun, oder etwa nicht?«

»Du kannst versuchen, mich am Gehen zu hindern. Aber ich werde mich zur Wehr setzen, mit allem, was ich habe. Es wird dir nicht gelingen. Und selbst, wenn du mich umbringen würdest. Du würdest nicht davonkommen damit. Kein zweites Mal. Und spätestens danach würdest du der Welt als das Monster erscheinen, zu dem du geworden wärest.«

»Du willst mich also vernichten.«

»Ich will überhaupt nichts und niemanden vernichten. Ich will jetzt gehen.«

»Dann geh.«

Er griff in seine Hosentasche und schob ihr einen der Wohnungsschlüssel über den Tisch. Sie fragte sich, ob das eine Finte war, ein Trick, eine Falle. Wenn sie zur Tür ginge, und er sie währenddessen angriff, würde sie sich so mit ihm prügeln, dass er es nie wieder vergäße. Vielleicht war es verrückt, was sie tat, aber sie hatte keine andere Wahl. Sie stand auf, ging in einem Bogen an ihm vorbei und zur Wohnungstür. Sie rechnete jeden Augenblick damit, dass er aufsprang, sie angriff. Aber er blieb sitzen. Es gelang ihr zitternd, aufzuschließen. Sie ging hinaus, zog die Tür ins Schloss und rannte.

9.

Die Welt draußen kam ihr auf beinahe verrückte
Weise normal vor. Alles voller Leben. Stimmen,
Vogelgezwitscher, Verkehrsgeräusche, die Sonne.
Die Hans-Sachs-Straße lag so schmuck vor ihr wie
immer, in ihrer vergangenheitslosen Pracht. Sie lief
bis zum *Hotel Olympic.* Sie hatte ihr Handy bei sich,
mit dem konnte sie bezahlen. Sie überlegte kurz, ob
sie dort sicher wäre, aber was sollte er ihr dort tun?
Sie nahm sich ein Zimmer und duschte, lange und
heiß. Sie würde zur Polizei gehen, aber zuerst musste
sie sich hinlegen, nur kurz, denn sie war vollkommen
erschöpft. Sie verriegelte die Tür und legte sich, wieder angezogen, aufs Bett. Ein paar Stunden später
erwachte sie, und sie wusste, es war geschehen. Sie
wusch sich das Gesicht, strich sich flüchtig die Haare
zurecht und ging auf die Straße hinaus. Vor Daniels
Haus gab es einen Menschenauflauf. Eine Funk-
streife und ein Sanitätswagen standen in der Mitte
der Fahrbahn. Sie ging hin und sah auf dem Geh-
steig ein ausgebreitetes Tuch hinter der Polizeiab-
sperrung.

»Gehen Sie bitte weiter«, sagte eine Polizistin zu ihr.

Sie antwortete:

»Ich weiß, wer der Mann war.«

Abgründig und spannend

Georg M. Oswald
Alle, die du liebst
Roman

Piper Taschenbuch, 208 Seiten
€ 11,00 [D], € 11,40 [A]*
ISBN 978-3-492-31274-5

Hartmut Wilke ist gewohnt zu bekommen, was er will. Doch in jüngster Zeit laufen die Dinge nicht mehr so gut für ihn. Nach einem erbitterten Scheidungskrieg und Querelen in seiner Kanzlei beschließt er, mit seiner neuen Freundin Ines auf einer Insel im Indischen Ozean Urlaub zu machen. Dort betreibt sein ältester Sohn Erik, der nie seinen Ansprüchen gerecht werden konnte, eine kleine Strandbar. Wilke möchte sich endlich mit Erik aussöhnen. Aber er hat die Lage der Dinge in jeglicher Hinsicht unterschätzt.

Leseproben, E-Books und mehr unter **www.piper.de**

»Ein schnelles, mitreißendes Buch, das sofort verführt und einen massiven Sog entwickelt.«

Die Welt

Georg M. Oswald
Alles, was zählt
Roman

Piper Taschenbuch, 224 Seiten
€ 11,00 [D], € 11,40 [A]
ISBN 978-3-492-31362-9

Thomas Schwarz ist Banker, attraktiv und erfolgsverwöhnt. Doch als ihm eines Tages eine Frau als Chefin vorgesetzt wird, gerät seine schöne Vision von vermeintlichem Wohlstand, Macht und Sicherheit ins Wanken. Schwarz muss erfahren, dass der Weg von drinnen nach draußen kurz ist. Schwarz muss erfahren, dass der Weg von drinnen nach draußen kurz ist. Aber was soll's: Alles, was er in der Bank gelernt hat, scheint auch im zwielichtigen Milieu der Kleinkriminellen anwendbar zu sein. Denn alles, was zählt, ist auch dort Geld, Erfolg und Macht.

Leseproben, E-Books und mehr unter www.piper.de

Gerechtigkeit ist etwas für Schwächlinge

Georg M. Oswald
Vom Geist der Gesetze
Roman
Piper Taschenbuch, 352 Seiten
€ 12,00 [D], € 12,40 [A]*
ISBN 978-3-492-3136 -2

Da ist der ebenso eingebildete wie brillante Strafverteidiger Georg Heckler. Da ist eine Anwältin, seine Frau, der übel mitgespielt wird, die sich jedoch zu wehren weiß. Und da sind: der melancholische Provinzpolitiker Schellenbaum und der erfolglose Drehbuchautor Ladislav Richter, der unter Schreibhemmung leidet. Als er vor Schellenbaums silbernen BMW gerät, der nicht schnell genug bremsen kann, führt dieser kleine Unfall sie alle vor die Schranken des Gerichts.

Leseproben, E-Books und mehr unter www.piper.de

Freundschaft, Ehrgeiz, Hingabe – die Musik als große Metapher für unser Leben

Aja Gabel
Das Ensemble
Roman

Aus dem Amerikanischen von
Werner Löcher-Lawrence
Piper, 400 Seiten
€ 24,00 [D] € 24,70 [A]*
ISBN 978-3-492-05854-4

Droht das Leben, sie auseinanderzutreiben, hält die Musik sie zusammen. Denn sobald Jana, Brit, Henry und Daniel auf der Bühne stehen, zählt nur noch eins: Sie sind das Van-Ness-Quartett. Die vier Freunde bringen es vom Konservatorium bis in die Carnegie Hall, lieben und verlieren und finden sich, überwinden Missgunst und Streit und liegen nachts doch wieder wach, weil das nächste Konzert, der nächste Wettbewerb über ihr Leben entscheidet. Aber bald schon muss Henry, Bratschist und Wunderkind wider Willen, sich entscheiden: Soll er dem Drängen eines Gönners nachgeben und Solist werden?

Einfühlsam und melodisch erzählt, vermittelt »Das Ensemble« seinen Lesern das Gefühl, ganz von Musik umgeben zu sein. Ein fulminantes Debüt und eine Autorin, die es zu entdecken gilt!

Leseproben, E-Books und mehr unter www.piper.de